跟着诗人去旅行

苏轼

不识庐山真面目，只缘身在此山中。

邵强◎主编

长江出版社
CHANGJIANG PRESS

目 录 MULU

苏轼的生平

苏轼（1037—1101 年），字子瞻，号东坡居士，四川眉州人，北宋文学家、书画家、美食家。他学识渊博，诗文书画皆通，为“唐宋八大家”之一；其诗清新豪健，善用夸张和比喻，艺术表现形式独具风格；其词开豪放一派，对后世文学影响巨大。

1056 年，年轻的苏轼和弟弟苏辙随着他们的父亲苏洵一起去往京师（今河南开封）参加科举考试。1057 年，他凭借清新洒脱的文章征服了主考官欧阳修，荣登进士及第，名噪京城。

然而，年少成名的苏轼仕途坎坷，一生颠沛流离，先后在凤翔、杭州、密州、徐州、湖州、登州、颍州、扬州、定州等地为官，又频频回京，因政见不同、新旧党争，数次被贬到黄州、惠州、儋州等地，最后卒于常州。

在失意落魄的岁月中，他不曾灰心丧气，将人生的豁达和坦荡的胸襟付诸山水，他的足迹遍布大江南北，留下了许多脍炙人口的诗词佳作。

1071 年，苏轼跟王安石政见不合，请求出京任职，到了杭州任通判，被西湖的美景所折服，留下了《饮湖上初晴雨后》等诗篇，其中“欲把西湖比西子，淡妆浓抹总相宜”这一佳句流传最广。

1074年，苏轼来到了密州任职。密州是他创作传世名篇较多的城市，诸如描写对亡妻王弗思念的《江城子·十年生死两茫茫》，对弟弟苏辙思念的《水调歌头·明月几时有》，以及描述外出游猎的《江城子·密州出猎》等。

1079年，他调任湖州知州，例行公事写了一篇《湖州谢上表》，却遭遇人生第一次大劫——“乌台诗案”，差点儿丢了性命。最后，苏轼在亲朋好友的援助下逃过此劫，被贬为黄州团练副使。经此一难，苏轼对官场有些心灰意冷，将自己的郁闷和豁达融入了黄州的山水，写下了《赤壁赋》《后赤壁赋》和《念奴娇·赤壁怀古》等名篇。

1084年，苏轼改任河南汝州团练副使，但他不急着上任，期间游历了江西庐山西林寺，写下《题西林壁》这篇富有哲理的诗篇。

1085年，宋哲宗即位，苏轼被召还朝，得到重用。但不久之后，他再次被贬到惠州、儋州等荒凉之地任职。

1101年，朝廷颁行大赦，苏轼准备北归，途经常州时不幸病逝。逝世前，他写下了一生的总结《自题金山画像》：“心似已灰之木，身如不系之舟。问汝平生功业，黄州惠州儋州。”

苏轼的一生，一半是颠沛流离、命运坎坷，一半是诗情画意、生性豁达。

读万卷书，不如行万里路。一千多年前，苏轼的足迹踏遍祖国的千山万水，他的笔下有如诗似画的西湖、惊涛拍岸的赤壁、奇峰林立的庐山……让我们跟随苏轼的脚步，一起领略大好河山的旖旎风光吧！

第一站

渑池 [MIANCHI]

今河南省渑池县

和子由渑池怀旧

人生到处知何似，应似飞鸿踏雪泥。
泥上偶然留指爪，鸿飞那复计东西。
老僧已死成新塔，坏壁无由见旧题。
往日崎岖还记否，路长人困蹇驴嘶。

注释

❶ 和（hè）：应答，附和。苏轼经过渑（miǎn）池时，回忆起弟弟苏辙曾有《怀渑池寄子瞻兄》一诗，从而作此诗附和。

❷ 人生：此是和诗，苏轼依苏辙原作中提到的雪泥，引发出人生之感。

❸ 坏壁：老和尚奉闲的僧舍。1056 年，苏轼与苏辙赴京应举途中，曾寄宿奉闲僧舍，并题诗于僧舍墙壁上。

❹ 蹇（jiǎn）驴：腿脚不灵便的驴子。蹇，跛脚。

译文

人生在世，到处颠沛流离，偶尔会留下一些痕迹，你觉得像什么呢？我看就像随处乱飞的鸿鹄，偶然落脚在雪地上一样。雪地上的这些爪印，是它偶然留下的，因为它飞来飞去根本就不顾什么东西方向。

老和尚奉闲已经去世，只留下一座藏骨灰的新塔，我们没有机会再去他的僧舍，看当年题过诗的破壁了。你还记得当时前往渑池的崎岖旅程吗？路途遥远，人又疲累，跛脚的驴子也累得直叫。

渑池小档案

大名： 渑池县

别名： 黾池

地点： 位于河南省西北部

邻居： 北濒黄河，与山西省的垣曲县、夏县、平陆县隔河相望，南与洛宁、宜阳相连，东与义马市、新安县为邻，西与崤山、函谷关接壤

景点： 仰韶大峡谷、岱嵋山、五凤山、黄河丹峡风景区、古秦赵会盟台等

历史名人： 杜甫、苏辙、张玘

游览特色： 黄河丹峡风貌，黄河风光

《和子由渑池怀旧》背后的故事

1061 年，苏轼参加了朝廷的一场特殊考试——制科考试，并且取得了第三等的好成绩。

随后，苏轼被任命为大理评事、凤翔府（今属陕西）签判。尽管这不是什么显赫的官职，但却是苏轼步入仕途的第一站。

得知这个消息后，弟弟苏辙既为他感到高兴，又为他的前途命运担忧。本来，苏辙也是要出京任职的，但由于父亲苏洵身体不佳，苏辙决定留下来伺候。在苏轼上任之前，苏辙提出要送苏轼一程。兄弟两人依依惜别，苏辙回京之后，回忆起当初从故乡进京赶考的场景，两人共同借宿在奉闲僧舍并题诗僧壁，一晃几年过去了，于是写下一首《怀渑池寄子瞻兄》，抒发了对兄长的难舍之情。

苏轼正好经过渑池，感受到苏辙的情深意切，也回想起以前的点点滴滴，立马写了一首作答诗《和子由渑池怀旧》，用来宽慰、勉励苏辙和自己。人生行无定踪，充满未知，但也不必盲从，骑着蹇驴走在崎岖的道路上，也是一种人生历练。

古秦赵会盟台

古秦赵会盟台是渑池八景之首，距今有近 2500 年，因蔺相如维护赵国尊严，与秦国订立盟约而出名。

春秋战国时，秦国攻打赵国，双方相持不下。公元前 279 年，秦王约赵王于渑池会盟，互相修好。

秦赵两国到了渑池，见面行礼后，坐在宴席上叙谈。秦王说：“我听说赵王会弹瑟，我这有瑟，请你弹一曲吧。”赵王迫于秦国的实力，只好弹了一曲。这时，御史在竹简上记下了这事。

蔺相如认为这是对赵国的侮辱，于是走上前说：“赵王听说秦王擅长缶，我献上一个缶，请你敲击一下。”秦王大怒，不肯答应，蔺相如说：“我离大王只有五步，你如不答应，我就算不要性命也要溅你一身血。”

秦王只好敲了几下，蔺相如叫来御史也记下了这事。

秦国大臣见秦王没占到便宜，就说：“请赵王献十五座城为秦王祝寿。”蔺相如也不示弱，说：“那也请秦王把咸阳献出替赵王祝寿。”

蔺相如为了维护国家的尊严，机智勇敢地和秦国君臣斗争，一直到宴席结束，秦国始终没占到便宜。

自此，这个故事传为历史佳话，渑池也随之出名。

旅行小贴士

1. 在岱嵋山风景区、五凤山风景区，奇峰耸立，峡谷、溶洞众多，自然风光秀丽。

2. 黄河丹峡风景区位于晋豫黄河大峡谷小浪底库区，“一日走进峡谷，一日览尽黄河”，黄河漂流、空中飞车、黄河蹦极、丹峡攀岩等，都是大家热衷的旅游项目。

3. 古秦赵会盟台饱经沧桑，历代不断修葺、重建，富含历史底蕴。

第二站

终南山 [ZHONGNANSHAN]

今陕西省终南山

减字木兰花·莺初解语

莺初解语，最是一年春好处。
微雨如酥，草色遥看近却无。
休辞醉倒，花不看开人易老。
莫待春回，颠倒红英间绿苔。

注释

1. 减字木兰花：词牌名。
2. 初：刚刚。
3. 解：能，知道。
4. 语：这里指黄莺的鸣叫声婉转动听，犹如说话。
5. 酥：这里指滋润万物的雨水。
6. 休辞：不要推托。
7. 颠倒：纷乱。

译文

黄莺开始啼叫的时候，刚好是初春，正是一年中最好的季节。细雨朦胧，像酥油般细密而润泽。刚长出的青草，远看时一片翠绿，近看时却显得稀疏零星，仿佛消失了。

人生短短数十年，时间流逝得很快，别推辞醉倒在这个季节，也别有花开放而不去欣赏，更不要等到春天离开大自然时再去感伤，感慨那缤纷的落红中夹杂着绿色的苔藓。

终南山小档案

大名：终南山

别名：太乙山、中南山

地点：位于陕西省境内，东起盛产美玉的蓝田县最东端的杨家堡，西至秦岭主峰太白山南梁

邻居：紧挨西安市，西接咸阳市

景点：上善池、仰天池、太乙山、南梦溪等

历史名人：老子、姜子牙、赵公明、张良、孙思邈、王维

游览特色：道教发祥地，宗教文化昌盛；洞天福地，自然风光优美

《减字木兰花·莺初解语》背后的故事

1061 年，苏轼应中制科考试，但因为年纪太轻，宋仁宗只派了大理评事、凤翔府签判的职位给他。

苏轼刚到凤翔时，才二十六岁，正是青春年少的时候，他一方面勤于政务，另一方面善于发现并创造美的环境与生活的雅趣，他改造“饮凤池”为东湖，为凤翔留下了一个永久的园林景观。闲暇之时，他游览凤翔及其周边地区，留下了很多诗篇。

1064 年，苏轼在凤翔府任职期满，启程回京，途中要经过终南山，这是他第二次来终南山了。这时候，弟弟苏辙听说哥哥苏轼有机会再次游览终南山，既高兴又羡慕，为此还写了一首诗《闻子瞻重游终南山》寄给他，表达了对终南山的向往。

苏轼收到诗后，写下一首词，劝导弟弟要趁着青春年少潇洒走一回，把握青春年华，珍惜眼前美好的时光，及时行乐，不要到年老了再后悔。这首词就是《减字木兰花·莺初解语》。

仙都终南山的传说

终南山是道教全真教的发祥地，流传着许多神仙传说：道教始祖太上老君就是从终南山出函谷关西游的；文始真人尹喜创立道教得道成仙；八仙均在终南山修仙得道……其中，尤以道教起源最为出名。

相传，尹喜为函谷关令，在终南山中结草为楼，观星望气，故号其宅为“楼观”。一日，他忽然看见紫气东来、吉星西行，预感必有圣人经过函谷关，于是在此等候。不久之后，果然有一位老者身披五彩云衣、骑着一头青牛而至，原来是老子过函谷关。尹喜忙把老子请到楼观，执弟子礼，请他讲经著书。老子欣然同意，于是在楼南的高岗上为尹喜讲授《道德经》五千言，然后飘然离去。尹喜收获良多，传播道教文化，尊老子为道祖。

这些传说故事使得终南山成就仙都之名，因此，人们常常会在祝寿时说：“寿比南山。”希望寿星公的寿命，如终南山一样长长久久。

旅行小贴士

1. 终南山是道教全真教发祥地，历代皇朝于终南山皆有所修建，逐渐组成了庞大的古建筑群，是道教文化圣地。

2. 终南山有十余处国家级重点文物保护单位，有蓝田猿人、商於古道、周秦汉唐盛世园林宫阙等。

3. 此地的隐士文化异常鼎盛，据不完全统计，历朝历代加起来的名士有5000余人，他们留下了不计其数的诗词歌赋。

第三站

西湖 [XIHU]

位于今浙江省杭州市

饮湖上初晴后雨·其二

水光潋滟晴方好，
山色空蒙雨亦奇。
欲把西湖比西子，
淡妆浓抹总相宜。

注释

1. 饮湖上：在西湖的船上饮酒。湖，即西湖。
2. 潋滟（liàn yàn）：水面波光闪动的样子。
3. 方好：正好看起来很美。
4. 空蒙：细雨迷蒙的样子。
5. 西子：西施，春秋时代越国有名的美女，居古代四大美女（西施、王昭君、貂蝉、杨玉环）之首。
6. 相宜：显得十分美丽。

译文

晴天时，在阳光的照耀下，西湖的水波光粼粼、光彩熠熠，看起来很美。雨天时，在雨雾的笼罩下，周围的群山时隐时现，眼前一片迷蒙，这朦胧的景色也非常漂亮。

如果把美丽的西湖比作古代美女西施的话，那么淡妆也好，浓妆也罢，总能很好地突出她的天生丽质和美丽动人。

西湖小档案

大名： 西湖

别名： 西子湖

地点： 位于浙江省杭州市西面

景点： 一山：孤山；二塔：保俶塔、雷峰塔；三堤：苏堤、白堤、杨公堤；三岛：小瀛洲、湖心亭、阮公墩；五湖：外西湖、西里湖、北里湖、小南湖、岳湖

历史名人： 白居易、柳永、杨万里

游览特色： 优美的自然景色，深厚的文化底蕴

《饮湖上初晴后雨·其二》背后的故事

苏轼两次来到杭州，对杭州情有独钟，他不仅在杭州留下了许多诗词，还做出了不少政绩。

1071 年，苏轼任职杭州通判，相当于现在的一县之长，那是他第一次来到杭州。他一来到杭州就喜欢上西湖的景色，时常邀约友人一起游玩。

1073 年某天，他和友人在西湖乘船游玩。他们在湖光山色中划船荡漾，一边欣赏着西湖美景，一边喝酒吟诗。阳光洒在湖面上，亮闪闪的，像丝绸一样光滑柔顺，漂亮极了。可是，天气说变就变，突然下起了淅淅沥沥的小雨。苏轼抬头看向远方，远处的群山在雨雾朦胧中若隐若现，比起刚刚的景色另有一番滋味。

苏轼心中想着：这西湖真是美丽啊！无论是晴天还是雨天，都有让人赏心悦目的景致。同时，他也想到了战国时期充满智慧和勇气的美女西施，不论是淡妆还是浓抹都别有一番风情。于是，他提笔写下了《饮湖上初晴后雨·其二》这首诗。

苏轼和西湖三潭印月

三潭印月是西湖十景之一，被誉为“西湖第一胜境”。所谓三潭，实际上是三个石塔及其周围水域。石塔始建于 1090 年，由苏轼所建，分别矗立在湖面上，形成了一个等边三角形。那么，他为什么要建三座石塔呢？

当年苏轼清理西湖淤泥时，他就在思考：如何标志水域界限和辨识湖中淤泥堆积情况呢？又如何才能使淤泥不再淤积，水草不再生长呢？

最后，他想出了一个好办法：将岸边湖面租给农民种植菱角。因为种植菱角必须要按时清理水中杂草，避免淤泥的堆积，同时还可以向农民收取租金，用于西湖的整治维护，最后还能给农民带来收益，简直是一举三得！同时，为了保持西湖大部分水域的清澈，苏轼隔开一块区域，禁止农民种植菱角。于是，他就在西湖的中心位置修建了三座石塔，以此为界。

这三座塔修成之后，每当中秋之夜，工人就会在三个石塔腹中点上一根蜡烛，洞口糊上薄纸，烛光透过石塔的五个洞，倒映在水中，像是十五个月亮，加上天上一轮圆月，倒影一个，最后加上游人心中的明月，总共十八个月亮，形成了“湖中有深潭，明月印水渊，石塔来相照，一十八月圆”的奇特景致。

旅行小贴士

1. 无论春夏秋冬、阴晴雨雪，西湖都能幻化出绝美的姿容。不妨跟着古人的脚步，欣赏杭州的四时之美：春天，微风和煦，最适合漫步苏堤踏青赏花；盛夏季节，西湖的荷花开得热火朝天；秋高气爽，桂花飘香十里，游人如织，观潮钱塘江；严冬，蜡梅竞放，孤山是踏雪寻梅的圣地。

2. 传统西湖十景：苏堤春晓、断桥残雪、曲苑风荷、花港观鱼、柳浪闻莺、雷峰夕照、三潭印月、平湖秋月、双峰插云、南屏晚钟。

3. 新西湖十景：灵隐禅踪、六和听涛、岳墓栖霞、湖滨晴雨、钱祠表忠、万松书缘、杨堤景行、三台云水、梅坞春早、北街梦寻。

第四站

桐庐 [TONGLU]

今浙江省桐庐县

行香子·过七里濑

一叶舟轻，双桨鸿惊。水天清、影湛波平。
鱼翻藻鉴，鹭点烟汀。过沙溪急，霜溪冷，月溪明。
重重似画，曲曲如屏。算当年、虚老严陵。
君臣一梦，今古空名。但远山长，云山乱，晓山青。

注释

① 七里濑：又名七里滩，在今浙江省桐庐县城南三十里处。
② 一叶：船轻小如叶，所以用“一叶”代指船。
③ 藻鉴：又称藻镜，指背面刻有鱼、藻之类纹饰的铜镜，这里比喻水面像镜子一样。
④ 汀（tīng）：水中或水边的平地、小洲。
⑤ 严陵：严光，字子陵，又被称作严陵，曾与刘秀一起游学，并帮助刘秀打天下。刘秀称帝后，他改名隐居。

译文

我乘一叶扁舟，荡着双桨，像鸿雁一样飞快地掠过水面。天空和湖水一样清澈，水天一色的湖面风平浪静。水中的游鱼不时跃出明镜般的水面，水边的沙洲白鹭悠闲自得。白天的溪水，清澈得能看得见沙底，清冷而有霜意；月下的溪水，则像一片明亮的水晶世界。

两岸连绵的山峰，从纵向看则重重叠叠，如画景；从横列看则曲曲折折，如屏风。我笑严光当年白白地在此地终老。皇帝和隐士已如梦一般消失，只留下空名而已。只有那连绵远山重峦叠嶂，山间白云缭绕多变，晓山晨曦青翠欲滴。

桐庐小档案

大名： 桐庐县

别名： 画城

地点： 浙江省杭州市下属县，地处钱塘江中游

年龄： 始建于公元 225 年，距今将近 1800 年

邻居： 上接黄山、千岛湖，下达杭州西湖。北连天目山，南依仙华山

景点： 瑶琳仙境、严子陵钓台、江南古村落群等

历史名人： 桐君老人、严子陵、徐凝、沈图等

游览特色： 富春江旅游核心，瑶琳仙境群石景观享有“全国诸洞冠”的美誉

《行香子·过七里濑》背后的故事

1071 年，王安石受到宋神宗重用，开始变法，苏轼跟王安石政见不同，自请外出任职，被派往杭州任通判一职。

苏轼既喜欢游山玩水，又喜欢诗情画意，所以，每到一处景点都会留下不少诗句。富春江是钱塘江的上游，有“天下佳山水，古今推富春”的美称，苏轼对富春江和严子陵钓台很感兴趣。

1073 年二月，苏轼终于有了空闲。这天，苏轼带着僚属从杭州出发，乘舟逆水而上赶赴桐庐。一路上，富春江景色如画、天山共色，水非常清澈，千丈见底，游鱼、细砂皆清晰可辨。船行到严子陵钓台时，苏轼想到了严子陵的一生：严子陵与刘秀既是同学，也是好友，严子陵积极帮助刘秀起兵。后来，事成之后，刘秀成为东汉首位皇帝——汉光武帝。刘秀多次想请严子陵继续辅佐他，都被拒绝了。严子陵选择退居富春山，设馆授徒。苏轼感叹严子陵白白在此终老，皇帝和隐士如今都只留下空名，未能真正领略到富春江的美丽和内涵，还不如像自己一样，寄情于山水。

于是，苏轼在大自然的美景中寻找内心的宁静与安慰，用诗词将美景和情感结合，自然而然地写下了这首词。

严子陵钓台的由来

严子陵钓台是富春江上的主要风景区，因东汉名士严子陵拒绝汉光武帝刘秀的征召，来此隐居垂钓而得名。

严子陵年轻时便非常有名，与刘秀同在太学里学习。后来，王莽篡汉自立，刘秀响应农民起义，揭竿而起，严子陵也看不惯王莽的所作所为，辅佐刘秀建立了东汉政权。刘秀登基称帝，掌握了天下江山之后，严子陵就离开他，来到富春江隐居，每天在江边垂钓。

刘秀因国家刚刚建立，求贤若渴，命人拿着严子陵的画像全国各地去找，后来齐地有个人说："富春江江边有一男子披着羊皮衣钓鱼，很像严子陵。"刘秀便准备了马车和礼物，派人去请他。请了三次，严子陵才答应来京师。

严子陵来到京师后，被安排在京师护卫军营里住下。当天，刘秀就来到了严子陵的住处，见严子陵躺着不起来，便摸着他的肚子说："子陵，你就不能帮我做点儿事吗？"严子陵半天不说话，过了一会儿说："过去像巢父、许由那样的人，听说唐尧要授予官职都要去洗耳朵。人各有志，何以要强迫人家做官？"刘秀大叹一口气，说："子陵，我来劝你竟然也不能使你做出让步。"于是离开了。

严子陵随后回到了富春江，过起了耕读垂钓的日子。

旅行小贴士

1. 富春江两岸山色青翠秀丽，江水清澈见底，素有"天下佳山水，古今推富春"之美称。

2. 江南古村落群拥有深厚的历史底蕴、浓郁的民俗风情、独特的水资源、庞大的古建筑和深厚的宗氏文化。

3. 瑶琳仙境是"中国旅游胜地四十佳"之一，地貌曲折有致，群石景观瑰丽多姿。

第五站

丹阳 [DANYANG]

今江苏省丹阳市

行香子·丹阳寄述古

携手江村，梅雪飘裙。情何限、处处消魂。
故人不见，旧曲重闻。向望湖楼，孤山寺，涌金门。
寻常行处，题诗千首。绣罗衫、与拂红尘。
别来相忆，知是何人。有湖中月，江边柳，陇头云。

注释

1. 述古：杭州知州陈襄，字述古。
2. 望湖楼：又名看经楼，位于杭州。
3. 孤山寺：又叫广化寺，位于杭州孤山南。
4. 涌金门：杭州城的正西门，又名丰豫门。
5. 绣罗衫：丝织品做的上衣。

译文

正值梅花似雪，飘沾衣裙的时候，我和老朋友携手到城外出游。旧地处处都令人黯然神伤，充满愁苦。每当吟诵旧曲之时，却不见去年的同游之人，只有我们一起游玩的望湖楼、孤山寺、涌金门这些地方。

那时我们每到一处，必会题诗，游玩下来竟有不下千首诗，如今这些题写的诗上已落满了灰尘，得用绣罗衫去拂净才能看清。你们离开杭州后，有谁在思念我呢？我想肯定有往日的友人，还有西湖的明月、钱塘江边的柳树和杭州城的云朵吧！

丹阳小档案

大名：丹阳市

别名：曲阿

地点：江苏省南部

邻居：东与常州市相邻，西与镇江市相连，南与常州金坛区接壤，北接镇江新区

景点：九里风景区、天地石刻园、万善公园、龙庆禅寺等

历史名人：萧道成、萧衍等

游览特色：吴文化的发源地之一，齐梁故里

《行香子·丹阳寄述古》背后的故事

1071 年，苏轼因为不满王安石的变法，来到了杭州任通判。

1072 年，陈襄也不赞同王安石的变法，到杭州担任知州。

在宋代，通判是知州的副职，因此，苏轼和陈襄既是同僚，也是好友。他们政见、爱好相同，经常一起吟诗作赋、处理杭州的事务。

他们在杭州的望湖楼、孤山寺、涌金门等名胜古迹都留下了足迹，并写下了许多的诗篇。他们一边观赏自然风光，一边借景抒情，表达自己心中所想，两人都为不能阻止新法而感到郁闷，希望尽力把杭州治理好。

1073 年，苏轼因公事去常州、润州等地视察灾情，并筹备粮草赈济难民。第二年元旦，他曾过丹阳至京口，二月由京口至宜兴，途径丹阳时，怀念远在杭州的陈襄，于是写下了这首词。苏轼不直说对朋友和杭州美景的思念，而是绕了个弯子，说陈襄和杭州的美景在思念他，这样更显得情真意切，含蓄婉转。

吴文化代表季子庙

季子庙为纪念季札而建。季札，春秋时期吴国人，是孔子最仰慕的圣人，被称为“南季北孔”。他是历史上南方的第一位儒学大师，为华夏文化做出了贡献。他最为出名的是“避王位”的故事。

季札是吴王寿梦的第四个儿子，因其贤能，寿梦欲将王位传给他。季札谦让不受，说：“礼有旧制，不能因父子感情而废先王礼制。”于是，寿梦临死前留下遗嘱：“兄弟按长幼顺序传位下去。”这样的话，王位总有一天会传给季札。

吴王的长子诸樊即位，服丧期满后，让位给季札，季札坚持不受，舍弃王室生活，种起了田。诸樊在位十三年，传位给弟弟余祭。余祭死后，仍要传位给季札，季札还是不接受。余祭只好将王位传给了三弟余眜，余眜死后，季札仍不肯继位，吴国大臣只好立余眜的长子为吴王。

季札不仅重信义，而且善外交，多次凭借智慧和伶牙俐齿化解了战乱纷争。他死后被葬于江苏，人们为了纪念他，就在丹阳修建了一座祠庙，也就是季子庙。

旅行小贴士

1. 丹阳是南朝齐梁帝王故里，是一座历史悠久的文化古城，也是亚洲最大的石刻文化游园。

2. 九里风景区是一个以吴文化为背景、以季子庙为核心的祠庙建筑群，也是传播古吴文化的重要窗口。

第六站

镇江 [ZHENJIANG]

今江苏省镇江市

蝶恋花·京口得乡书

雨后春容清更丽，只有离人，幽恨终难洗。
北固山前三面水，碧琼梳拥青螺髻。
一纸乡书来万里，问我何年，真个成归计。
白首送春拚一醉，东风吹破千行泪。

注释

❶ 蝶恋花：词牌名。
❷ 北固山：位于镇江北，三面临水，山势险固，因此而得名。
❸ 碧琼：绿色的美玉，指江水。
❹ 青螺髻（jì）：状似青螺的发髻，用来喻北固山。
❺ 真个：真的，的确。
❻ 拚（pàn）一醉：不顾惜酒量，只求一醉方休。

译文

春天，雨后的景色更加青翠美丽。只有那远离故乡的人，思乡的愁苦被这雨水洗刷不去。北固山三面环水，异常险峻，弧形的江面仿佛是碧玉的梳子，苍翠的山峰好像是美人的发髻。

从万里外的家乡来了一封信，问我哪年真的能回去？我不知道如何回答，只有拼命喝酒，送春归去。春风似乎有情，抹去我思乡的千行眼泪。

镇江小档案

大名：镇江市

别名：丹徒、京口

地点：位于江苏南部、长江南岸、长江三角洲西段

邻居：西接南京，东临上海，北与扬州接壤

景点：三山、南山、西津渡、茅山、宝华山、金山湖、扬中园博园等

历史名人：刘裕、萧衍、刘义庆等

游览特色：有“真山真水”的风貌和独特的园林风光，还是著名的鱼米之乡

《蝶恋花·京口得乡书》背后的故事

1071 年，苏轼在杭州任职，不仅取得了不小的政绩，如修建苏堤、疏通西湖等，而且还成就了他的名声，杭州每一处景点都留下了苏轼熠熠生辉、传颂百世的诗文。

当时的镇江京口是京杭大运河和长江的交汇处，也是水运邮递的枢纽中心。在杭州任职期间，苏轼与家乡亲友的联系基本上是靠江船通邮，京口成为他收信寄信的重要地点。

1074 年春天，苏轼已经在杭州待了三年。他得知将要被调离杭州，但被调去何处就职，还不清楚。这时，他从京口收到了一封从家乡来的信，信中关切地问他在杭州过得怎么样，听说他即将调任，想知道他何时才能真的回到家乡，与好友们聚一聚。

苏轼回忆起家乡的种种美好，再回想这三年在杭州的时光，背井离乡不说，还远离朝堂，志向难以得到施展，思乡之情难以抑制。他看着流经北固山的滚滚江水，想着归期不知是何时，便不由自主地流下了眼泪。他将这难言的情绪诉诸纸笔，写下了这篇情真意切的《蝶恋花·京口得乡书》。

苏轼与金山寺的不解之缘

苏轼一生中有十一次到过镇江，留下了两百多首诗词，镇江的金山寺更是苏轼一生中钟爱之所。

1071 年，苏轼出任杭州通判，闲暇之余，来到了镇江金山寺。他信佛，对佛理深有研究，他不仅在这里见识了金山寺的秀美风景和至理佛法，还结识了一生的挚友——佛印禅师。

1079 年，苏轼从徐州被调任湖州知州，途中路遇大风天，在金山寺留宿了两日，写下了《大风留金山两日》一诗。到了湖州，没想到因上表时暗讽朝政，被捕入狱，史称“乌台诗案”。

1084 年，苏轼自黄州奉旨赴汝州就任，途经镇江，又到了金山寺，见到了佛印，两人喝酒吟诗，写下了《金山妙高台》一诗，并将自己的玉带赠予佛印，留作纪念。

1101 年，苏轼遇到大赦，奉旨北归。苏轼一路舟车劳顿，患上重病，途经镇江时，家人带着他到金山寺做水陆法会，祈祷病能痊愈。苏轼回想起一生坎坷的经历，写下了绝笔诗词，一生的写照《自题金山画像》：“心似已灰之木，身如不系之舟。问汝平生功业，黄州惠州儋州。”

旅行小贴士

1 镇江市位于江苏南部、长江下游南岸，是长江三角洲的咽喉之地，长江和京杭大运河在此交汇，水资源丰富，自然风景宜人，水运也异常发达。

2. 镇江市是著名的鱼米之乡，有三山、茅山两个 5A 级风景区，还有西津渡、南朝陵墓石刻、南山等众多名胜古迹。

3. 镇江市地处丘陵地带，城在山中，山在城中，形成了“城市山林”的独特风貌：金山、茅山、北固山三山耸立，留下不少诗篇和传说。

第七站

密州 [MIZHOU]

今山东省诸城市

江城子·密州出猎

老夫聊发少年狂，左牵黄，右擎苍，锦帽貂裘，千骑卷平冈。

为报倾城随太守，亲射虎，看孙郎。

酒酣胸胆尚开张，鬓微霜，又何妨！持节云中，何日遣冯唐？

会挽雕弓如满月，西北望，射天狼。

注释

1. 江城子：词牌名。
2. 聊：姑且，暂且。
3. 倾城：全城的人都出来了，形容跟随者之多。
4. 孙郎：孙权，这里借以自喻。
5. 节：兵符，传达命令的符节。
6. 天狼：星名，又称犬星，古时指侵掠的敌人，这里指代西夏。

译文

我虽然年迈，却有着少年的豪情壮志，左手牵着黄犬，右臂擎着苍鹰，戴着华美鲜艳的帽子，穿着貂皮做的衣服，率领千骑的随从席卷平坦的山冈。为了报答全城的人跟随我出猎的盛情，我要像三国的孙权一样射杀猛虎。

我痛饮美酒，心胸开阔，胆气更为豪壮。虽然我两鬓微微斑白，但这又有何妨！朝廷什么时候才会派人拿着符节来密州赦免我的罪呢？我定当把雕弓拉得像满月一样，朝着西北瞄准，射向代表西夏的天狼星。

密州小档案

大名： 诸城市

别名： 密州、东武、龙城

地点： 位于山东半岛东南部

邻居： 北依世界风筝都潍坊，东临滨海名城青岛，南靠新兴港口城市日照

景点： 大舜苑、超然台、恐龙公园、九仙山等

历史名人： 舜、赵明诚、张择端等

游览特色： 丰厚的文化底蕴，红色旅游区，恐龙化石宝库

《江城子·密州出猎》背后的故事

1074年，苏轼调任密州知州，正值当地闹旱灾，蝗虫也是漫天飞舞，由于粮食歉收，民不聊生，盗匪也十分猖狂。苏轼每天忙得脚不着地，行动却很迅速：上报朝廷，请求豁免税收；组织民众除蝗；兴修水利，疏通河道，甚至到常山祈雨。

经过近一年的努力，蝗灾、旱灾基本解决，苏轼为自己理政才能窃喜的同时，希望能得到朝廷的肯定和重用。

1075年，苏轼再次去常山，祭谢求雨成功，回去时非常高兴地与同行者一起到山林狩猎，写下了《江城子·密州出猎》一词。这首词表现出苏轼欲杀敌报国的豪情，是苏轼豪放词代表作之一。

诗词大会

灯火钱塘三五夜，明月如霜，照见人如画。

（宋 苏轼《蝶恋花·密州上元》）

惆怅东栏一株雪，人生看得几清明。

（宋 苏轼《和孔密州五绝·东栏梨花》）

苏轼和超然台

超然台是山东诸城的古迹之一，原系北魏筑城时所建，以作瞭望侦察之用。1075 年，苏轼在密州任知州时组织扩建超然台，使之成为一处登高望远、饮酒赋诗的好地方。超然台因苏轼所作《超然台记》和弟弟苏辙所作《超然台赋》闻名于海内外，成为诸城文化的重要标志。

苏轼深爱此台，时常会登上超然台饮酒赋诗，因苏辙希望苏轼“超然世外”，而取名为“超然台”。苏轼本在杭州生活得逍遥自在，却被一纸调令派到荒凉的密州任职，而且刚来到密州，就遇上蝗、旱等天灾，但苏轼天性乐观，为人豁达，做出了不少功绩，特别是重修了超然台。

苏轼在超然台留下了许多脍炙人口的诗篇，《水调歌头·明月几时有》就是在中秋之夜，他登楼望月回忆苏辙时所写。

《望江南·超然台作》中“诗酒趁年华”广为流传，也是苏轼登台所作。此外，更有他的散文名篇《超然台记》。

超然台因苏轼的感情抒发有了生命，有了文化的沉淀和历史的积累。

旅行小贴士

1. 大舜风景区是舜帝的故乡，也是舜文化的教育基地。每年这里都会举办祭舜大典，宣扬舜倡导的“德、孝、仁、诚”传统文化，寻根问祖，吸引了数千万的游览祭拜者。

2. 超然台始建于北魏时期，宋代苏轼任密州太守时扩建。1948 年不幸毁于战火，后于 2007 年参照宋代建筑风格在原址重建。超然台成为宣传齐鲁文化的重要窗口，逐步走向全国，走向世界。

3. 恐龙公园有“一园七区四十景”，集科研、科普、观光、健身、休闲娱乐于一体，是中国北方最大恐龙文化主题公园。

第八站

济南 [JINAN]

今山东省济南市

阳关曲·答李公择

济南春好雪初晴，
才到龙山马足轻。
使君莫忘霅溪女，
还作阳关肠断声。

注释

❶ 阳关曲：词牌名。
❷ 李公择：李常，字公择，是当时的齐州（今济南）知州。
❸ 龙山：济南郡城东七十里处的龙山镇。
❹ 霅（zhà）溪：水名，在今浙江湖州境内。
❺ 阳关肠断声：引用李商隐诗句“断肠声里唱阳关”。

译文

春光明媚的济南城，雪后的天色刚刚放晴。我骑马到龙山镇，顿时觉得马蹄轻盈。李常先生千万不要忘记霅溪畔的歌女，她曾不时地唱出令人断肠的《阳关曲》。

济南小档案

大名：济南市

别名：泉城、齐州

地点：位于山东中西部

邻居：南依泰山，北傍黄河

景点：趵突泉、大明湖、千佛山、解放阁、五龙潭等

历史名人：扁鹊、辛弃疾、李清照、邹衍等

游览特色：有“七十二名泉”的泉城、龙山文化，以及“山、泉、湖、河、城”的独特风貌

《阳关曲·答李公择》背后的故事

1076年12月，苏轼被罢免密州知州，调去河中（今山西永济）任职。不仅被贬职，而且又遇上寒冬腊月，天气极为寒冷，苏轼心中难免有些灰心丧气。在赴任之前，他决定去看一看在济南任职的弟弟苏辙，一起过春节。

他收拾行囊，赶往济南，但路上遇上大雪，耽搁了行程，第二年正月才赶到济南。到了济南，没想到苏辙已于去年十月罢免济南之职，回到京师开封述职了。本来期待中的兄弟相逢、饮酒作赋的快乐没有了。

幸好，苏轼来到济南时，连日下雪的天气已经放晴，雪后初晴的景色，银装素裹，很是漂亮。虽然苏辙不在，但是苏辙的三个儿子（苏迟、苏适、苏逊）听闻伯父苏轼前来，踏雪相迎，好友李公择也相随而行，大家一起为苏轼接风洗尘。宴后，李公择邀苏轼在济南游玩，并写诗表示对苏轼的欢迎，苏轼苦闷的心情这才好转了些。在李公择的挽留下，苏轼在济南逗留了一个多月，才启程到河中。

离开济南之时，苏轼便写下了《阳关曲·答李公择》一词赠予李公择，表达对好友的谢意。

趵突泉名字的来历

趵突泉是济南七十二名泉之首，被乾隆赞誉为“天下第一泉”，与济南千佛山、大明湖并称为济南三大名胜。

苏轼和苏辙都对趵突泉有着极深的印象，苏轼曾给李公择写过这样的诗句：“更忆槛泉亭，插花云髻重。”苏辙也为槛泉亭题写过诗句：“连山带郭走平川，伏涧潜流发涌泉。”槛泉即趵突泉，关于这个名字还有一番来历。

历史上，趵突泉最初被称为泺（luò）水，北魏郦道元曾这样描述：“泺水出历城县故城西南，泉源上奋，水涌若轮……”因为趵突泉是“三股水”，所以便称之为“泺”。后来，人们对三股泉水威猛喷发的启示生出了猛虎出闸、壮士出击的联想，于是有了“槛泉”之名。

最后，人们最认同“趵突”二字。相传宋代曾巩所起，他担任齐州（今济南）知州时，在泉水边修建“泺水堂”，并写了一篇《齐州二堂记》。文中第一次将泉名写作“趵突”，不仅字面古雅，而且音义兼顾，表现了趵突泉三窟泉水日夜喷发跳跃而出的景象。同时又以“趵突”模拟喷涌时“卜嘟”之声，由此，名泉与泉名相得益彰。

旅行小贴士

1. 济南因泉水众多而出名，经过七八月集中降水的补充后，济南的地下水位会明显升高，泉水会出现正向喷涌的独特景观，因此去济南游玩的最佳时期是秋天。

2. 当地有许多名人故居：李清照故居、辛弃疾故居、老舍故居等，可以踏寻文化之旅，了解文化名人。

3. 济南八景：锦屏春晓、趵突泉涌、佛山赏菊、鹊华烟雨、汇波晚照、明湖泛舟、白云雪霁、历下秋风。济南八景不仅风景优美，环境宜人，而且文化气息浓厚。

第九站

徐州 [XUZHOU]

今江苏省徐州市

江城子·别徐州

天涯流落思无穷。既相逢，却匆匆。
携手佳人，和泪折残红。
为问东风余几许？春纵在，与谁同？
隋堤三月水溶溶。背归鸿，去吴中。
回首彭城，清泗与淮通。
欲寄相思千点泪，流不到，楚江东。

注释

① 隋堤：汴河的河堤，因建于隋朝而得名。

② 背归鸿：苏轼南下湖州时大雁北飞，所以说是“背归鸿”。

③ 彭城：即徐州。

译文

我流落天涯多年，思绪万千。我们刚相逢不久，如今又要匆匆别离。我握着佳人的手，只能采一枝暮春的花朵，含泪赠别。想问春天还剩多少日子，可即便春意尚在，又能和谁一同欣赏呢？

三月的隋堤，春水缓缓流淌。此时鸿雁北归，我却要到湖州去。回头再看看徐州城，清清浅浅的泗水在城下与淮河交汇。我想让泗水寄去相思千滴泪，怎奈它流不到湖州之地啊！

徐州小档案

大名：徐州市

别名：彭城、涿鹿

地点：位于江苏省西北部、长江三角洲北翼

邻居：北倚微山湖，西连萧县，东临连云港，南接宿迁，京杭大运河从中穿过

景点：云龙湖、云龙山、彭祖园、汉文化景区、潘安湖、大洞山等

历史名人：彭祖、刘邦、孙权、李煜等

游览特色：两汉发源地，汉文化昌盛；历代兵家必争之地，战争遗址众多

《江城子·别徐州》背后的故事

1077 年，苏轼辗转来到徐州担任知州。

在这里，苏轼不仅游山玩水，度过了一段快乐的时光，还克服了各种困难，取得了不俗的政绩。

黄河决口，洪水即将灌城的时候，苏轼抱定与徐州城共存亡的决心，身先士卒，率领全城的军民，不眠不休地奋战了十多天，终于把溃口堵住了。为了防止洪水再次侵袭，他向朝廷申请钱粮，修筑了一条大堤，即现在的“苏堤”。苏轼因救灾有功，不仅受到嘉奖，而且被载入宋史。

谁知，洪水走了，旱灾来了。第二年春天，徐州遭遇严重旱灾，很久没有下雨，土地都干裂了，行人走在路上满口都是黄沙。于是，苏轼率众到石潭求雨，幸好天可怜见，不久之后就下起了雨，他高兴地去感谢雨神，为此还写了五首词。

苏轼在徐州期间，还开发出煤炭资源，解决了冬季取暖的难题，并写下了《石炭并引》一诗，成为中国历史上第一篇歌颂煤炭生产的诗歌。

1079 年，苏轼奉旨要调任湖州，徐州父老乡亲听闻此消息，扶老携幼簇拥在苏轼的马车前，都想挽留苏轼，但是皇命难违，苏轼只得与他们挥泪道别，并写下了《江城子·别徐州》。

苏轼造黄楼

黄楼旧址在江苏省徐州市，最早由苏轼所建，现重修于黄河南岸大堤上，是徐州五大名楼（彭祖楼、霸王楼、燕子楼、奎楼、黄楼）之一。

1077 年七月，黄河决口。八月，洪水到了徐州，城下积水严重，洪水很快就要灌城而入，很多富户想出城躲避。苏轼劝阻道："你们放心，只要有我在，我绝不会让洪水淹城！"

苏轼征集民众，冒雨疏通下游河道，又日夜加固城墙。宋朝制度，禁军归朝廷直接掌管，别人不能轻易调动，苏轼在缺人的情况，对禁军指挥使说："洪水当前，事情紧急，你们虽然是禁军，但也希望能为百姓尽一份力。"禁军官兵看见苏轼一身泥水，很是感动，说："您都不避这些脏污的活，我们定当以死效命。"苏轼又集中公私船只，用缆绳系在水势最猛处，以减缓大水的冲击力。

苏轼在抗洪固城的行动中处变不惊、指挥得当，终于化险为夷。为了防止洪水再来，他又组织民众修建了一条"苏堤"，并在东门城墙修了一座高楼，用来观察水势，因其墙上涂满黄土，取名"黄楼"，含有"土实胜水"之意。

苏轼不仅写诗留作纪念，还请人为黄楼作赋，自此，黄楼成为徐州八景之一，名声日甚。

旅行小贴士

1. 徐州是两汉文化发源地，刘邦的故里，项羽的故都。有许多文化遗产、名胜古迹，以狮子山楚王陵、北洞山汉墓和龟山楚王陵最具代表。

2. 云龙湖风景区不仅山水景观优美，而且两汉文化、名士文化、宗教文化和军事文化也是相当深厚。

3. 徐州自彭祖创建开始，成为华夏九州之一。彭祖园是为了纪念彭祖而建造，是了解徐州历史的好去处。

第十站

麻城 [MACHENG]

今湖北省麻城市

正月二十日往岐亭郡人潘古郭三人送余于女王城东禅庄院

十日春寒不出门，不知江柳已摇村。

稍闻决决流冰谷，尽放青青没烧痕。

数亩荒园留我住，半瓶浊酒待君温。

去年今日关山路，细雨梅花正断魂。

注释

1. 岐亭：位于今湖北麻城西南处，苏轼被贬官黄州期间时常去游玩。
2. 潘古郭：苏轼在黄州认识的朋友。
3. 决决：水流的样子。
4. 青青：新生的野草。
5. 数亩荒园：女王城东禅庄院，即定慧院。

译文

初春时，天气还十分寒冷，我有十来天未曾走出家门，不知道江边的柳树是否发芽，摇曳着春的气息。我渐渐听到山谷中冰雪融化的声音，也可以看到原野上一望无际的新草，遮盖了野火烧过的旧痕。

定慧院的几亩荒僻的田园，留我在那儿居住。半瓶浑浊的老酒，也只等我过去，就温好了招待我。去年的这个时候，我走在被贬黄州的途中，细雨中梅花开放得正好，我却暗自哀伤。

麻城小档案

大名：麻城市

别名：杜鹃花城

地点：位于湖北省东北部、黄冈市北部、大别山中段南麓

年龄：隋开皇十八年（公元 598 年）设麻城县，距今 1400 多年

邻居：北与河南省商城县、新县以山脊为界，东北同安徽省金寨县依界岭分水，东邻罗田县，南接团风县，西与红安县毗连

景点：蔡家山古窑、栗山岗遗址、白骨墩楚墓、三台八景等

历史名人：阎伯屿、周思敬等

游览特色：红色旅游区，九龙山国家地质公园，五脑山国家森林公园等

《正月二十日往岐亭郡人潘古郭三人送余于女王城东禅庄院》背后的故事

1080 年，苏轼因“乌台诗案”被贬黄州。黄州是荒凉之地，路途遥远不说，苏轼也感觉到自己的前途也是一片渺茫，心中满是凄苦。

被贬途中，当苏轼顶着风雪艰难地攀登麻城的春风岭时，一座古寺出现在眼前。山坡上的红梅傲然绽放，他却无心欣赏，只觉得悲伤不已，于是写下诗句：“春来幽谷水潺潺，的皪（lì）梅花草棘间。一夜东风吹石裂，半随飞雪渡关山。”借傲雪独立的梅花自喻，自己因才高八斗、鹤立群鸡，遭遇别人的攻讦，但他的傲骨没有被折断，而是冷漠地承受风霜，迎接春天的到来。

隐居在黄州的故友陈慥（zào）得知苏轼来到此地，叫来其他友人，在定慧院恭候苏轼，并温好酒招待他。好友重逢，畅谈古今，缓解了苏轼的苦闷。

第二年，苏轼再次来到此地，想起了之前的点点滴滴，特别感谢好友的情深义重，为此写下了这首诗。

“麻姑”的传说

麻城历史悠久，因“献寿仙子”麻姑而得名。

相传东晋时，在北方的后赵有个叫麻秋的将军，他生性残暴，从不体恤百姓。有一年，皇帝派他监工筑城，他每天天不亮就让工人们干活，又让工人们从日落干到鸡鸣时才能休息。如果谁不听话，麻秋就会拿皮鞭抽打他，工人们一个个疲惫不堪，叫苦不迭。

麻秋的女儿麻姑劝说父亲体谅一下工人们，但是麻秋根本不听，还斥责女儿多管闲事。为了让工人们早点儿休息，她便在天黑的时候模仿公鸡鸣叫。麻秋听到鸡鸣，只好放工人们去休息。

后来麻秋发现是麻姑所为，盛怒之下，把她关起来狠狠地打了一顿。麻姑愤而离家出走，又被麻秋派人抓了回去。途中遇上王母娘娘，王母娘娘感念她同情百姓，不畏强权，特指点她到一座仙山修炼，山虽不高，但十分秀美。王母娘娘用手一划，山上就出现了一座神奇的山洞，麻姑在这里修炼，终于得道成仙。

麻姑成仙后，选择农历三月三，带着酿好的美酒和采摘的仙桃拜见王母娘娘，答谢她的救生点化之恩。从此，就流传下“麻姑拜寿”的传说。

旅行小贴士

1. 人文景观有史前文化遗址、古战场遗址、关卡寨堡遗迹、歧亭杏花村等。

2. 国家两条红色旅游线“千里跃进大别山”和“将军故里”在境内交会，还有烈士陵园。

3. 麻城有国家地质公园和国家森林公园，山川秀美，繁花似锦，有“杜鹃花城”的美称。

第十一站

黄州 [HUANGZHOU]

今湖北省黄冈市

定风波·莫听穿林打叶声

莫听穿林打叶声，何妨吟啸且徐行。
竹杖芒鞋轻胜马，谁怕？一蓑烟雨任平生。
料峭春风吹酒醒，微冷，山头斜照却相迎。
回首向来萧瑟处，归去，也无风雨也无晴。

注释

1. 定风波：词牌名。
2. 沙湖：在今湖北黄冈东南三十里处。
3. 吟啸：放声吟咏。
4. 芒鞋：草鞋。
5. 料峭：微寒的样子。

译文

别在意那穿林打叶的雨声，不妨一边放声吟咏，一边悠然前行。穿着草鞋、拄着竹杖走在雨中，感觉自己轻快得胜过骑马，有什么可怕的呢？身穿蓑衣任凭风吹雨打，我照样过我的一生。

春风还有些凉飕飕的，将我的酒意吹醒，刚才还感觉身子有些寒冷，山头初晴的斜阳就迎了上来。转过头望一眼刚刚遇到风雨的地方，回去时，对我来说，既无所谓风雨，也无所谓天晴。

黄州小档案

大名： 黄州

地点： 湖北省东部、大别山南麓、长江中游北岸

邻居： 东临巴水，西南滨长江，与鄂州市相望

景点： 东坡赤壁、遗爱湖公园、禹王城遗址、堵城螺蛳山遗址

历史名人： 杜牧、董必武、陈潭秋等

游览特色： 鄂东文化发祥地之一，东坡文化圣地

《定风波·莫听穿林打叶声》背后的故事

1080 年，苏轼被贬到黄州，生活一度非常窘迫，既无住所，也无田产，只有微薄的薪俸。后来，在好友和百姓的资助下，苏轼的生活渐渐好了起来，他在东坡有了自己的住所——雪堂。他还打算买一块田地，终老于此。

1082 年，苏轼前往黄州东南三十里的沙湖看田，准备买下来耕种。他和好友一行人高高兴兴地出发了，谁料，路上遇到大雨，又没有带雨具，好友们纷纷抱怨这鬼天气，唯独苏轼泰然处之。苏轼看着狂风骤雨就像看到自己的前半生，命运坎坷，风雨突变。没过一会儿，雨过天晴，他又认识到“飘风不终日，骤雨不终期”——没有永远不停的雨，人生也没有过不去的坎！微冷的春风吹醒苏轼的酒意，前方夕阳笼罩，似乎在欢迎他前行呢！再回首时，刚刚肆虐的风雨已经了无踪迹。

于是，苏轼心中的想法如喷薄的泉水一样涌了出来，他便写下了这首《定风波·莫听穿林打叶声》。

苏轼和黄州遗爱湖

遗爱湖是黄州的城中湖，湖面由东湖、菱角湖和西湖三湖组成。历史上并无遗爱湖之名，是苏轼给湖畔的小亭取名为“遗爱亭”，这个美丽湖泊才有了一个浪漫的名字——遗爱湖。那么，苏轼为什么会给湖畔的小亭取这样的名字呢?

据说，苏轼被贬黄州之后，时任黄州太守的徐君猷很仰慕他的才华，对他极为敬重，俩人很快就成了朋友，经常相约喝酒吟诗。

黄州城南边有安国寺，北边有东湖、菱角湖和西湖，寺里湖间，有许多供人休息的小亭。苏轼和徐君猷只要有闲暇，就会相约于安国寺，漫步于三湖之间，欣赏秀丽的风景。俩人雅兴一来，就在小亭里饮酒赋诗，谈古论今，好不快活。

苏轼与徐君猷相交三年，徐君猷奉旨调往湖南任职，安国寺住持感念太守，特地请求苏轼为他们常常聚会的小亭取个名字，并题匾留念。苏轼因徐君猷为官清廉，公正不阿，人去而泽存，便给亭子取名为“遗爱”，还写了一篇有名的游记《遗爱亭记代巢元修》。

自此，遗爱湖成为黄州东坡文化的旅游胜地。

诗词大会

莫笑一麾东下计，满江秋浪碧参差。

（唐 杜牧《即事（黄州作）》）

旅行小贴士

1. 东坡赤壁是集文物保护、山水观光、人文体验、休闲娱乐为一体的风景区。

2. 李四光纪念馆内有李四光的生平事迹和科学研究，主楼为四层“回”字行的仿古建筑，整体建筑依照“天圆地方”的建筑格局。

3. 禹王城遗址是两千多年前，楚国灭邾（zhū）国后迁邾王于此扩建的一座古城遗址。

第十二站

浠水 [XISHUI]

今湖北省浠水县

浣溪沙·游蕲水清泉寺

山下兰芽短浸溪，松间沙路净无泥，潇潇暮雨子规啼。

谁道人生无再少？门前流水尚能西！休将白发唱黄鸡。

注释

1. 浣溪沙：词牌名。
2. 蕲（qí）水：今湖北浠水县。
3. 浸：泡在水中。
4. 潇潇：形容雨声。
5. 子规：杜鹃，叫声凄厉，常借以抒写羁旅之思。
6. 无再少：不能回到少年时代。
7. 唱黄鸡：感慨时光的流逝。因黄鸡可以报晓，表示时光的流逝。

译文

山脚下，溪边的兰草才抽出嫩芽，正浸泡在溪水中。松林间的沙路，被雨水冲洗得一尘不染。傍晚，天下起了小雨，布谷鸟的叫声从松林中传了过来。

谁说人生就不能再回到少年时期？你看，那门前的溪水还能向西边流淌呢！别在老年的时候感叹时光飞逝啊！

浠水小档案

大名：浠水县

别名：蕲水

地点：大别山南麓，湖北东部，长江中游北岸

邻居：东邻蕲春县，西界团风县，西南与鄂州市、黄石市隔江相望，北及东北与罗田县、英山县毗连

景点：白莲河水利、斗方寺祖师殿、清泉寺、闻一多纪念馆等

历史名人：刘禹锡、闻一多、李先念等

游览特色：红色旅游区，国家级森林公园，宗教文化昌盛，民俗博物馆等

《浣溪沙·游蕲水清泉寺》背后的故事

苏轼因“乌台诗案”被贬到黄州任团练副使，日子过得非常艰难，两年之后，状况才好了些。

1082年，苏轼经过努力打拼，已经有了立身之地，甚至有钱去购置田产。没想到的是，苏轼去看田产时，不幸染上疾病，他听说有个叫庞安时的聋子名医，便找上门看病。庞安时虽然耳朵聋，但是非常聪明，苏轼用纸写字给他看，没写几个字，他就能立马明白苏轼的意思。苏轼和他相见甚欢，笑着说：“我用手当嘴巴，你用眼当耳朵，我俩都是奇异的人。”

庞安时治好苏轼的病后，苏轼邀他一起游览清泉寺。苏轼看到了不远处的一条兰溪，溪水竟是自东向西流的，他想起了白居易的一句诗：“谁道使君不解歌，听唱黄鸡与白日。黄鸡催晓丑时鸣，白日催年酉前没。”苏轼觉得人生不应该这么悲观，流水尚能向西流，年老时也应该保持青春活力，对未来抱有希望。于是，苏轼一反白居易诗句的意思，写下了《浣溪沙·游蕲水清泉寺》，鼓励自己和他人要永葆青春活力、乐观向上。

清泉寺的传说

按佛门常规，普天下的护法天神韦驮菩萨都是站立的，而浠水县的清泉寺却有一尊坐像。

相传，清泉寺的韦驮菩萨之前也是一尊立佛，只是后来变成了坐佛。那一年，浠水县闹饥荒，不少人被饿死。清泉寺的住持得知后，就召集全寺的僧众，跟他们说："百姓是我们吃千家饭的施主，如今民不聊生，我们既无法普度众生，又不能资助他们，只有从今天起，关闭寺门，众位僧人一律不得外出化缘。如有不愿意留在寺中的，可云游四海，自谋生路。"说完这些话，住持转身离去。

很多僧人离开寺庙，去了别处，其他的僧人则听从安排，关闭寺门打坐参禅。三天后，寂静的寺庙被一阵急促的敲门声打破，原来是一僧外出募得斋粮数十斤，已运至寺外的蕲水码头。众僧既吃惊又好奇，住持从未派人外出募粮，何来的斋粮呢？

斋粮运回来后，有僧人眼尖，看到大殿上韦驮佛像汗流浃背，满身疲惫，似乎支撑不住，坐了下来。众僧这时恍然大悟：原来是韦驮菩萨救了全寺僧众。

后来，清泉寺重塑韦驮菩萨金身，做成一尊坐像，并日夜供奉。清泉寺也因此名声大作，闻名于禅宗佛教。

旅行小贴士

1. 三角山国家森林公园是鄂东名山之一，因三峰鼎立而得名，历代书画家留下不少刻石。1947 年，刘邓大军曾登顶拍照留念。

2. 禅宗文化昌盛，有斗方山禅寺、清泉寺、禅宗三祖天然禅寺等，留下了许多佛教典籍和文人墨客的诗篇。

3. 泉水、水库资源丰富。浠河有"天下第三泉"，其泉独特之处，系从河旁岩石罅隙涌出，不与河水相混，故碧澄清冽，烹茶清香味长。长江流域的白莲河水库则是鄂东第一大水库。

第十三站

东坡赤壁 [DONGPOCHIBI]

位于今湖北省黄冈市

念奴娇·赤壁怀古

大江东去，浪淘尽，千古风流人物。
故垒西边，人道是，三国周郎赤壁。
乱石穿空，惊涛拍岸，卷起千堆雪。
江山如画，一时多少豪杰。
遥想公瑾当年，小乔初嫁了，雄姿英发。
羽扇纶巾，谈笑间，樯橹灰飞烟灭。
故国神游，多情应笑我，早生华发。
人生如梦，一尊还酹江月。

译文

长江浩浩荡荡地向东流去，滔滔巨浪见证了许多历史名人。人们说，旧营垒的西边，就是三国周瑜力破曹军的赤壁。陡峭的石壁高耸入云，惊涛骇浪猛烈地拍打江岸，激起的浪花好似冬日的千堆雪。雄壮的江山像图画般美丽，一时间涌现出多少英雄豪杰啊！

遥想当年的周瑜是如何春风得意，绝代佳人小乔刚嫁给他，英姿雄伟、豪气满怀。手摇羽扇、头戴纶（guān）巾，从容潇洒地谈笑之间，八十万的曹军被烧得灰飞烟灭。我今日神游当年的战场，可笑我如此的怀古柔情，却未老先衰地生出满头白发。人生犹如一场朦胧的梦，且洒一杯酒，祭奠江上的明月。

东坡赤壁小档案

大名：东坡赤壁、黄州赤壁

别名：文赤壁

地点：湖北省黄冈市内，古城黄州的西北边

邻居：遗爱湖、李四光纪念馆、陈潭秋故居纪念馆

景点：二赋堂、坡仙亭、睡仙亭、问鹤亭、酹江亭、放龟亭、涵晖楼、留仙阁、乌石塔、栖霞楼

历史名人：杜牧、陆游等

游览特色：二赋一词；沿着苏轼的脚步欣赏风景之余，体会文化之美

《念奴娇·赤壁怀古》背后的故事

苏轼因为写诗讽喻新法，触怒了宋神宗，被关进监狱，史称“乌台诗案”，一关就是一百多天，差点儿惨死于狱中。后来，在好友的帮助下，保住了性命，被贬到荒凉的黄州。

刚到黄州，他的日子过得相当艰苦，只能靠第二任妻子王闰之离京时典当物品换来的钱过活，他在月初就将银钱划分为三十份，悬挂于屋梁上，定量支取。他甚至连个住所也没有，一家人挤在小小的定慧院里。

两年后，他来到赤壁，想起了曹操：曹操当年是何等的威风，手下有八十万大军，占有半壁江山，却遭遇赤壁大败，差点儿丢了性命。既然曹操都有过如此经历，我又有什么好苦恼的呢？

同时，他又羡慕周瑜的意气风发，想到自己同样满腹才华，为何得不到重用呢？看着滚滚江水，他终于明白，只有自然景色是取之不尽的，于是放下心中包袱，写出了表达豁达豪迈心境的两赋一词。

文赤壁的由来

湖北境内有两个赤壁：一个在咸宁赤壁市，据考察，是真正的三国赤壁战场，孙刘联军在此大败曹操军队，常称“武赤壁”；一个在黄冈市黄州区，长江北岸，因苏轼在此留下了不少传世之作，常称“文赤壁”。

为什么苏轼会在不是三国赤壁战场的地方写下两赋一词，成就“文赤壁”之名呢？

原因是，他误认为黄州赤壁是真正的三国赤壁战场。不过，这个误会还要怪唐朝诗人杜牧。杜牧有一篇非常出名的诗歌《赤壁》：“折戟沉沙铁未销，自将磨洗认前朝。东风不与周郎便，铜雀春深锁二乔。”这首诗是杜牧经过黄州赤壁时写下的诗篇，对后世影响极大。

苏轼得知杜牧在黄州赤壁写下这首诗，就借题发挥写了两赋一词，使更多的人相信东坡赤壁就是三国赤壁古战场，也成就了“文赤壁”之名。

旅行小贴士

1. 东坡赤壁是依山傍水而建、屹立于赤壁矶上的清代建筑群，有二堂、二阁、三楼、九亭等建筑，亭台楼阁中珍藏着历代著名文人、书法家留下的诗词、楹联。

2. 东坡赤壁最高处是栖霞楼，登上栖霞楼极目远眺，可以看到长江堤上郁郁葱葱的树林，以及遗爱湖平静无波、风景优美的自然风光。

3. 东坡赤壁最为著名的是二赋堂，堂内有东坡先生的前后《赤壁赋》，匾额“二赋堂”为李鸿章亲笔书写。

4. 坡仙亭三面石壁上嵌有历代名人的书画碑刻二十六块，其中苏轼的十二块书画碑刻被视为国宝。

第十四站

黄石 [HUANGSHI]

今湖北省黄石市

浣溪沙·渔父

西塞山边白鹭飞，散花洲外片帆微。桃花流水鳜鱼肥。

自庇一身青箬笠，相随到处绿蓑衣。斜风细雨不须归。

注释

1. 西塞山：又名道士矶，位于今湖北省黄石市。
2. 散花州：浠水县江滨。
3. 桃花流水：桃花盛开时，江河里水势猛涨，即春汛。
4. 鳜（guì）鱼：又名“桂鱼”，生活在长江中游一带。
5. 庇（bì）：遮盖。
6. 箬笠（ruò lì）：用竹篾做的斗笠。
7. 蓑衣：用草或棕做的雨衣。

译文

西塞山的江边，一只只白鹭在飞翔。散花洲外的江上，片片帆船在漂动。春水汛期到来时，鳜鱼长得正肥美。

我头戴着青竹斗笠，身穿配套的绿蓑衣，可以遮蔽全身。斜风夹杂着细雨，过着乐而忘归的渔翁生活。

黄石小档案

大名： 黄石市

地点： 位于湖北省东南部，长江中游南岸

邻居： 东北临长江，与黄冈市隔江相望，北接鄂州市，西靠武汉市，西南与咸宁市为邻，东南与江西省九江市接壤

景点： 仙湖岛、小雷山、阳新七峰山、黄石国家矿山公园、东方山、西塞山等

历史名人： 孟嘉、吴玠等

游览特色： 西塞山神舟会，矿冶文化，“三月三”庙会

《浣溪沙·渔父》背后的故事

1084年，宋神宗将苏轼调到了京城附近的汝州担任团练副使。这年四月，苏轼从黄州出发，准备跟弟弟苏辙道别。苏辙因之前受他的连累，正在筠州（今江西高安）任职。苏轼要到江西，必须沿江而下，西塞山是必经之地，沿江的风景美丽动人，这让他的心情也格外畅快。

苏轼经历了牢狱之灾，加上五年黄州的艰苦生活，让他对政治和人生有了新的认识，对现实的生活，他已经能用一种闲适旷达的心境泰然处之了。

当西塞山和散花洲的美丽风景夹道欢迎苏轼的时候，他想起了唐朝诗人张志和的《渔歌子》：“西塞山前白鹭飞，桃花流水鳜鱼肥。青箬笠，绿蓑衣，斜风细雨不须归。”

不高的西塞山、不宽的散花洲，以它们厚实的文化底蕴和特有风情，塑造了苏轼心中美好的愿景：平平淡淡地做一个渔父。为此，《浣溪沙·渔父》就这样在他的笔下一挥而就。

苏轼与黄石西塞山

苏轼与西塞山的结缘都跟自己的弟弟苏辙有关。

“乌台诗案”后，苏轼被贬到荒凉的黄州，而弟弟苏辙也受到牵连，被贬到江西筠州。

苏辙赴任前去黄州与苏轼见面，他从河南商丘出发，渡过淮河，进扬州，出九江，到了西塞山，正好遇上长江风雨大作，只得留在黄石西塞山。

苏轼闻讯，悲喜交加，以诗寄之：“惊尘急雪满貂裘，泪洒东风别宛丘。又向邯郸枕中见，却来云梦泽南州。暌离动作三年计，牵挽当为十日留。早晚青山映黄发，相看万事一时休。”

苏辙明白苏轼在黄州的处境，不能随意走动，赶紧作答诗：“惭愧江淮南北风，扁舟千里得相从。黄州不到六十里，白浪俄生百万重。自笑一生浑类此，可怜万事不由侬。深夜魂梦先飞去，风雨对床闻晓钟。”

两天后，风雨过去，兄弟终于见面，不由抱头痛哭。此后，苏轼离开黄州去河南汝州上任，再次经过西塞山，也去跟弟弟道别。

西塞山见证了兄弟情深，也见证了苏轼的命运多舛。

旅行小贴士

1. 黄石有着三千多年的矿冶文化，当地的黄石国家矿山公园有“亚洲第一天坑”之称，入选《中国工业遗产保护名录（第一批）》。

2. 黄石水资源丰富，当地的仙岛湖与杭州千岛湖、加拿大千岛湖并称为“世界三大千岛湖”。

3. 黄石是湘鄂赣革命根据地的一部分，保留着多个红色旅游区。

4. 黄石有着丰富的风俗民情，诸如“三月三”庙会、西塞神舟会、阳新布贴画等。西塞神舟会已被联合国教科文组织批准列入《人类非物质文化遗产代表作名录》。

第十五站

庐山 [LUSHAN]

位于今江西省庐山市

题西林壁

横看成岭侧成峰，
远近高低各不同。
不识庐山真面目，
只缘身在此山中。

注释

1. 题西林壁：写在西林寺的墙壁上。西林寺在庐山西麓。
2. 横看：从正面看。庐山呈南北走向，横看即为从东西面看。
3. 真面目：庐山真实的景观、山势。
4. 缘：因为，由于。
5. 此山：这座山，指庐山。

译文

从正面和侧面来看庐山，山岭连绵起伏、山峰耸立云霄。从远处、近处、高处、低处看庐山，庐山呈现出各种不同的样子。

我之所以不能看清庐山真正的模样，是因为我身处在庐山之中啊！

庐山小档案

大名： 庐山

别名： 匡山、匡庐

地点： 位于江西省庐山市境内

荣誉： 匡庐奇秀甲天下，中国最美十大名山，中国四大避暑胜地

邻居： 东偎婺源、鄱阳湖，南靠滕王阁，西邻京九铁路大通脉，北枕滔滔长江

景点： 锦绣谷、三叠泉、五老峰、三宝树等

历史名人： 李白、陶渊明、陆游、朱熹等

游览特色： 庐山春迟、夏短、秋早、冬长，江环湖绕，云雾缭绕，瀑布众多，是避暑胜地

《题西林壁》背后的故事

1084年，苏轼结束了五年黄州团练副使的生涯，改任汝州团练副使，汝州距离首都开封更近，条件更好，宋神宗希望苏轼能在此接受改造。

而经过几年炼狱式的生活，苏轼已经看淡了世事人情，只愿如《前赤壁赋》里所说的那样：“惟江上之清风，与山间之明月，耳得之而为声，目遇之而成色，取之无禁，用之不竭，是造物者之无尽藏也……”因此，他也不急着去上任，而是改道去了闻名于世的庐山。

这天，他和好友相约一起游览庐山，面对庐山的秀丽风景，他心潮澎湃，感叹景物之美，很想借诗表达自己的情感。但是，庐山从唐朝起就留下了不少传世名篇，例如李白的《望庐山瀑布》，他觉得没法超越前人，就放弃了。

哪知，苏轼来庐山的消息已经成为当时的“头条”，很多人过来欢迎他，并且希望他能为庐山题诗，加上好友的支持，他一边欣赏庐山的自然美景，一边欣赏前人留下的诗篇，提笔写下了《题西林壁》等数首关于庐山的诗词。

苏轼和庐山

庐山是唐宋以来诗人、词人吟咏最多的名山，这里的风景名胜、佛道文化和隐士闲居文化，都深深地吸引着文人墨客前往，苏轼也不例外。

苏轼一生中与庐山有四次缘分，一共留下了十二首诗。

第一次缘分：1066 年，苏轼护送父亲苏洵的灵柩自河南开封回故乡四川眉山，路过庐山。

第二次缘分：1084 年，苏轼自黄州调任汝州，途中路过庐山。

第三次缘分：1094 年，苏轼被贬惠州，从定州出发，路过庐山。

第四次缘分：1101 年，苏轼在儋州遇到朝廷大赦，奉旨北归，路过庐山，不久之后，卒于常州。

可以说，庐山见证了苏轼一生的命运多舛，但苏轼却留给庐山豁达与智慧，少有抱怨和哀叹。

旅行小贴士

1. 庐山有山峰一百七十一座，多有险峰沟壑，水流在河谷发育裂点，形成许多急流瀑布，因此，出行时要注意脚下安全，不可涉险拍照。

2. 山上早晚气温较低，湿度较大，保暖、防雨、防湿的衣物是必备品。山路和湿滑地比较常见，平底、防滑的鞋子是首选。

3. 除了美丽的自然景观，丰厚的文化底蕴也是庐山的观赏重点。

第十六站

南京 [NANJING]

今江苏省南京市

渔家傲·千古龙蟠并虎踞

千古龙蟠并虎踞，从公一吊兴亡处。
渺渺斜风吹细雨，芳草渡，江南父老留公住。
公驾飞车凌彩雾，红鸾骖乘青鸾驭。
却讶此洲名白鹭，非吾侣，翩然欲下还飞去。

注释

1. 千古：金陵古城是许多帝王的都城。这是一首送别诗，送别的是金陵知州王胜之。
2. 龙蟠并虎踞：形容地势险要。
3. 留公住：王胜之为官清廉，颇有声望，他被派到别处去，百姓们都来挽留他。
4. 骖（cān）：在车两侧的驾御。
5. 驭（yù）：在两车中间的驾御。因王胜之为龙图阁直学士，所以作者有此比喻。
6. 白鹭：即白鹭洲，在金陵城西门外，被秦淮河与长江围绕。

译文

“钟山龙蟠、石城虎踞”的金陵自古以来被人们称为帝王之都，我难得陪同你凭吊这历经沧桑的兴亡之地。斜风渺渺，细雨迷蒙，到处弥散着浓浓的离愁别绪。最难忘的是芳草渡口，江南父老依依惜别，恳切地希望你能留下来。

且莫伤怀，在我心中，你驾着飞车穿越多彩的云霞，红鸾护着航，青鸾驾着车，乘风而来。鸾鸟讶异这里的沙洲，名虽为白鹭洲，但却并非适合栖息之地，于是翩翩然未曾歇翅，还是向别处飞去。

南京小档案

大名：南京市

别名：金陵、建康、江宁、石头城、天京、应天

地点：地处中国东部、长江下游，濒江近海

邻居：西连滁州，南接马鞍山，东与镇江接壤，东北有扬州

景点：中山陵、明孝陵、明城墙、玄武湖、夫子庙、紫金山、鸡鸣寺等

历史名人：萧衍、朱棣、王羲之、王昌龄等

游览特色：中国四大古都之一，秦淮风光，滨江风景，红色旅游地

《渔家傲·千古龙蟠并虎踞》背后的故事

1084 年，苏轼奉旨赶往河南汝州，担任团练副使。

经过五年的黄州生涯，苏轼对人生、政治慢慢看透了，也不再踌躇满志了。当他得到调令后，也不急着上任，先去看望江西的弟弟苏辙，又一路辗转到了金陵。

苏轼在金陵正好遇上好友王胜之，王胜之本来是来金陵担任太守一职的，结果刚上任一天，又接到调令，要去河南商丘。

王胜之感到意外之余，也非常郁闷，甚至有些遗憾。一年之前，王胜之曾在金陵担任龙图阁直学士，他清正廉明，为百姓所喜爱，这次任职刚过一天就被调离，实在让人难受。苏轼很能理解王胜之的心情，自己这么多年来，一直饱受迁徙贬谪之苦，于是想劝一劝好友。苏轼看到了白鹭洲，突然诗意大发，挥笔写下《渔家傲·千古龙蟠并虎踞》，用戏谑的语言、轻灵的诗意婉言说明金陵并非理想的地方，他应该有更适合的地方去，借以宽慰他。

登临怀古的赏心亭

赏心亭位于南京市水西门广场西侧外，是宋代金陵胜迹。站在赏心亭中，可以俯瞰秦淮河，一切景物尽收眼底。赏心亭是喝酒吟诗、谈古论今的好去处。

宋代诗人范成大到金陵时，曾写下《重九独登赏心亭》《赏心亭再题》。《赏心亭再题》中写道："赤日吴波动，苍烟楚树昏。向无形胜地，何以控乾坤？"描写了赏心亭的险要位置，以及对统治者依靠天险苟且偷安而不收复失地的痛心。

陆游路过此地，有感于曾请求以金陵为国都的主张未能实现，痛心不已，写下了《登赏心亭》，流传下"孤臣老抱忧时意，欲请迁都涕已流"的诗句。

对赏心亭最为钟情的当属南宋词人辛弃疾，他任当地通判时，共写下三首关于赏心亭的诗词，其中以《水龙吟·登建康赏心亭》最为人们所传诵，诗句写道："遥岑远目，献愁供恨，玉簪螺髻。落日楼头，断鸿声里，江南游子。把吴钩看了，栏杆拍遍，无人会，登临意。"表达自己极目远望祖国的大好河山，百感交集，痛恨自己满怀壮志而老大无成。

登临怀古的赏心亭，见证了无数文人墨客难以释怀的情感。

诗词大会

山围故国周遭在，潮打空城寂寞回。

（唐 刘禹锡《金陵五题·石头城》）

春归秣陵树，人老建康城。

（宋 李清照《临江仙·庭院深深深几许》）

旅行小贴士

1. 南京是六朝古都，有许多名胜古迹、古城陵墓，可以了解各朝历史及人情风俗。

2. 十里秦淮，十里珠帘，十里繁华，泛舟秦淮河，闲逛夫子庙。秦淮河素来是才子佳人、文人墨客抒情咏怀之所。

3. 此处民国建筑甚多，是了解民国文化和风情的好去处。到了中山陵，可俯瞰整座紫金山，郁郁葱葱，形似巨龙，颇负盛名。

第十七站

惠州 [HUIZHOU]

今广东省惠州市

惠州一绝

罗浮山下四时春，

卢橘杨梅次第新。

日啖荔枝三百颗，

不辞长作岭南人。

注释

1. 罗浮山：在广东博罗、增城、龙门三县交界处，长达百余公里，峰峦四百多座，风景秀丽，为岭南名山。
2. 卢橘：古代对枇杷的叫法。
3. 次第：依次，一个接一个地。
4. 啖：吃，吞，表示狼吞虎咽的样子。
5. 不辞：不推辞，不辞让，乐意去干。
6. 岭南：相当于现在的广东、广西及海南全境，古代称其为南蛮之地，中原人士闻之生畏，都不愿到这里来。

译文

罗浮山下的景色四季都是春天，枇杷和杨梅一个个都很新鲜。如果能每天吃上三百颗荔枝，我愿意永远都做这岭南的人。

惠州小档案

大名： 惠州市

别名： 鹅城

地点： 广东省东南部，珠江三角洲东端

邻居： 背靠罗浮山，南临大亚湾，毗邻深圳、香港

景点： 惠州西湖、罗浮山、合江楼等

历史名人： 李商隐、叶挺等

游览特色： 四东文化，有东江文化（客家文化）、东坡文化、东征文化（孙中山领导的东征运动）、东纵文化

《惠州一绝》背后的故事

1094年，苏轼被人告到皇帝那里，说他写诗“讥斥先朝”，因此被贬到岭南惠州。古代的岭南非常落后，被人们称为蛮夷之地，只有那些罪大恶极的人才会被贬到此地。

苏轼去惠州的时候非常担心，他当时年纪大了，身体不好，而且从定州出发，两地相距颇远，一路上的艰辛难以想象。值得欣慰的是，很多同僚和好友得知苏轼要到惠州，路途之中多有照顾，使他安然无恙地来到了惠州。

来到惠州后，苏轼大吃一惊，这里并不像人们所说的那样荒凉，反而山清水秀、气候宜人，还有丰富的物产。惠州的水果特别好吃，他尤为喜欢吃荔枝。为此，他一口气写下了数首咏荔枝的诗，《惠州一绝》是最为脍炙人口的一首。

诗词大会

苏子瞻吃惠州饭，黄鲁直度鬼门关。

（宋 汪元量《送琴师毛敏仲北行》）

饱吃惠州饭，细和渊明诗。

（宋 黄庭坚《跋子瞻和陶诗》）

苏轼和荔枝

荔枝作为“岭南果王”，是惠州一大特产，早在唐朝时就闻名遐迩。杜牧的诗“一骑红尘妃子笑，无人知是荔枝来”更是传世佳句。白居易的《荔枝图序》里这样写荔枝：“壳如红缯，膜如紫绡，瓤肉莹白如冰雪，浆液甘酸如醴酪。”意思是，荔枝的壳像红色丝绸般鲜红，膜像紫色薄绸子一样，里面的瓤如冰雪般通透，果汁像甜粥一样。

1094年，苏轼第一次吃荔枝就喜欢上了它的味道，并对荔枝极尽赞美。俗话说“一把荔枝三把火”，荔枝虽好吃，但贪嘴可不行，苏轼在来惠州之前就有严重的痔疮，美味的荔枝让他吃得停不下来，所以痔疮就更严重了。他没有办法，不得不忌口了，但还是时不时想起荔枝，甚至写信给好友说道：“最近痔疮频发，慢慢地，我也习惯了。只是当下是荔枝成熟的季节，我却没办法多吃，真是恨啊！”

看来，苏轼真是不折不扣的吃货啊！

旅行小贴士

1. 罗浮山：素有百粤群山之祖之称，是休闲度假、赏景会友的绝佳胜地。共有大小山峰432座，飞瀑名泉多达980多处，洞天奇景18处，石室幽岩72个，以山势雄伟壮观、植被繁茂常绿、林木高大森古、神仙洞府超凡脱俗的特色吸引古今无数的名人和游客。有“师雄梦梅”“东坡啖荔”“安期天饮”“仙凡路别”等不少的传说。

2. 惠州西湖风景名胜区：祥云挂榜、玉塔微澜、西湖苏迹、丰渚孝感、碧湖书香、留丹点翠等景点被选为“惠州十大名胜”。有“苎萝西子”之美誉，并有“大中国西湖三十六，唯惠州足并杭州”的史载。

第十八站

儋州 [DANZHOU]

今海南省儋州市

减字木兰花·立春

春牛春杖，无限春风来海上。

便丐春工，染得桃红似肉红。

春幡春胜，一阵春风吹酒醒。

不似天涯，卷起杨花似雪花。

注释

1. 春牛：泥塑的牛，又称土牛。古时农历十二月，出土牛以送寒气，第二年立春，再造土牛，以劝农耕，并象征春耕开始。
2. 春杖：耕夫持犁杖而立，鞭打土牛。
3. 丐：乞求。
4. 春工：春风能使万物复苏，诗中将春天比喻成帮农作物催生助长的农工。
5. 春幡：春旗。立春日，每户农家都挂起春旗，代表春天到来。
6. 春胜：一种剪成图案或文字的剪纸，也称剪胜，用来迎春。
7. 天涯：多指天边，此处指苏轼被贬谪的海南岛。

译文

牵着春天的泥塑耕牛，拉起泥塑的犁杖，春天温暖的风从海上拂面而来。我请求春天施展神功，把桃花染成了肉色红。

人们竖起春天的绿幡，剪出各式各样的剪纸，来迎接春天的到来。一阵春风吹过，吹醒了我的酒意。微风卷起的柳絮像雪花一样，此地完全不像海角天涯的儋州啊！

儋州小档案

大名：儋州市

地点：位于海南西北部，濒临北部湾

邻居：北临海口，南与三亚接壤

景点：蓝洋温泉度假区、东坡书院、松涛水库、鹭鸶天堂等

历史名人：符确、薛远等

游览特色：“天上平湖”松涛水库，“沙河春色”云月湖，“天南名胜”东坡书院等

《减字木兰花·立春》背后的故事

1097年，苏轼写了一首洒脱的诗:“白头萧散满霜风，小阁藤床寄病容。报道先生春睡美，道人轻打五更钟。”当政者得知此诗，看他过得如此逍遥自在，便下令将他贬到更为荒凉的海南儋州。

苏轼知道此去儋州，再无回来的希望，把家属安置在惠州后，只带着第三子苏过来到儋州。苏轼初到儋州时住进了官舍，被上司得知后赶了出去，于是自己修建了茅草屋，但当地时常有台风，有时候一夜连迁三次才勉强找到一处遮风避雨的地方。

在这种情况下，他一方面勤奋创作诗文，在儋州写下了不少的诗篇，另一方面，儋州百姓文化水平较低，他推广文化教育，培养人才，并且鼓励农耕，春种而秋收。

1099年立春，苏轼看到儋州百姓用当地的习俗迎春:做春牛、执春杖、挂春幡、剪春胜，桃花杨花纷飞，他诗意大发，感觉自己不像身在天涯海角的海南，而是在富饶的、正飘雪的中原，于是写下了这首词。

东坡书院的由来

1097年，苏轼以琼州别驾的虚衔贬到昌化军（今海南省儋州市）安置。他先住在儋州官舍里，后来受到上司排挤，被赶了出来，于是在桄榔林里盖了几间茅屋居住，命名为桄榔庵。

苏轼在此生活，很快就和当地人熟络了起来，特别是和读书人黎子云结下了深厚的友谊。黎子云和众乡亲共同出资，在黎子云住宅边建了一座房屋，既是苏轼和他的小儿子苏过的住所，也可以当作以文会友的地方，苏轼以“载酒问字”的典故为房屋取名为“载酒亭”。

当时的儋州，百姓还过着比较原始的生活，很少接触中原的文化，苏轼想向当地百姓传播中原文化，培养人才，就在“载酒亭”开设学堂，以文会友，给大家讲学授业。慢慢地，儋州载酒亭不仅传出读书声，还有弦歌相和，好学之风逐渐成为风尚，海南岛的名士们听说了此事，陆续从各地赶来，儋州成了全岛的文化中心。

后来，载酒亭年久失修，当地人为了纪念苏轼，几番重修、扩建，并改名为东坡书院，成为如今颇具规模的旅游景点。

诗词大会

玉堂端要真学士，须得儋州秃鬓翁。

（宋 黄庭坚《病起荆江亭即事十首》）

旅行小贴士

1. 海南盛产热带水果，儋州也不例外，菠萝、西瓜、香蕉、波罗蜜等，都是到儋州必定要品尝的。同时，儋州海产品产量冠绝海南，石斑、龙虾、螃蟹、红玉粽、海参等都非常出名。

2. 儋州旅游分自然景观和古迹文物。温泉、湖泊、水库等水资源丰富，自然景观优美；东坡书院、白马井古迹等名胜不仅有历史的沉淀，还有文化的积累。

图书在版编目（CIP）数据

跟着诗人去旅行．苏轼 / 邵强主编．
—武汉 ：长江出版社，2019.10
ISBN 978-7-5492-6739-2
Ⅰ．①跟… Ⅱ．①邵… Ⅲ．①苏轼（1036-1101）-
宋词 - 诗歌欣赏 Ⅳ．① I207.2

中国版本图书馆 CIP 数据核字（2019）第 235027 号

跟着诗人去旅行．苏轼
GENZHESHIRENQULÜXING.SUSHI
邵强 主编

责任编辑： 梁琰
出版发行： 长江出版社
地　　址： 武汉市江岸区解放大道 1863 号
邮　　编： 430010
网　　址： http://www.cjpress.com.cn
电　　话： 027-82926557（总编室）
027-82926806（市场营销部）
经　　销： 各地新华书店
印　　刷： 武汉市卓源印务有限公司
规　　格： 710mm×1000mm
开　　本： 16
印　　张： 20
字　　数： 300 千字
版　　次： 2019 年 10 月第 1 版
印　　次： 2023 年 2 月第 2 次
书　　号： ISBN 978-7-5492-6739-2
定　　价： 108.00 元（全四册）

窗含西岭千秋雪，门泊东吴万里船。

跟着诗人去旅行

杜甫

胥婷　苏璇◎主编

长江出版社
CHANGJIANG PRESS

目 录 MULU

杜甫的生平

杜甫（公元712—770年），字子美，自号少陵野老，祖籍襄阳，出生于河南巩县(今河南巩义市)。他是唐代伟大的现实主义诗人，与李白合称“李杜”。

杜甫生在“奉儒守官”并有文学传统的家庭中，是著名诗人杜审言之孙。他七岁学诗，十五岁扬名，一生不得志，只做过左拾遗等小官，虽然被后世称为“诗圣”，所作诗歌被称为“诗史”，可在当时并没有得到人们的重视。

公元731年，杜甫开始漫游吴越，五年之后到洛阳参加科举考试，但是却落榜了。随后，杜甫漫游齐赵，在洛阳遇到李白，两人相见恨晚，结下了深厚的友谊，继而又遇高适，三人同游梁、宋（今开封、商丘）。后来，李杜于齐州分别，又遇于东鲁。这一次的分别，便是“诗仙”与“诗圣”的最后一面。

公元747年，唐玄宗诏天下“通一艺者”到长安应试，杜甫也参加了考试。当朝宰相李林甫为了达到权倾朝野的目的，竟然对唐玄宗说无人中举。后来杜甫向皇帝献赋，向贵人投赠，过着“朝扣富儿门，暮随肥马尘。残杯与冷炙，到处潜悲辛”的生活，最后才得到一个看守兵甲器仗、管理库府锁匙的职位。这期间，他写了《兵车行》《丽人行》等批评时政、讽刺权贵的诗篇。

公元755年，安史之乱爆发。次年六月，潼关失守，杜甫把家安置在鄜（fū）州，独自去投唐肃宗，中途被叛军俘获，押到长安。他面对沦陷的长安，听到官军一再败退的消息，写下《月夜》《春望》《哀江头》等诗。后来他脱身逃到凤翔，做了左拾遗。没过多久，他又被贬为华州司功参军。其后，杜甫用诗的形式把所见所闻真实地记录下来，成了不朽的作品，即“三吏”（《石壕吏》《新安吏》《潼关吏》），“三别”（《新婚别》《无家别》《垂老别》）。

公元759年，唐军在相州大败，随后关中饥荒，于是杜甫弃官，携家逃难。经秦州、同谷等地，到了成都，在成都严武等人的帮助下，杜甫在浣花溪畔建了一座草堂，过了一段比较安定的生活。后来严武被召还朝，蜀中军阀作乱，杜甫漂流到梓州、阆州。后来，严武被任命为剑南节度使管理成都，杜甫投往严武。严武死后，他再度漂泊，在夔（kuí）州住了两年，又漂流到湖北、湖南一带，最后病死在湘江上。这时期，他创作了《春夜喜雨》《茅屋为秋风所破歌》《蜀相》《闻官军收河南河北》《登高》《登岳阳楼》等大量名作，其中最为著名的诗句为“安得广厦千万间，大庇天下寒士俱欢颜”，而《登高》中的“无边落木萧萧下，不尽长江滚滚来”，更是千古绝唱。

杜甫热爱生活，热爱人民，热爱祖国的大好河山。他疾恶如仇，对朝廷的腐败、社会生活中的黑暗现象都给予揭露和批评。他同情人民，甚至为解救人民的苦难甘愿自我牺牲。他的诗歌创作，始终贯穿着忧国忧民这条主线，以最普通的老百姓为主角，由此可见杜甫的伟大。他的诗歌具有丰富的社会内容、强烈的时代色彩和鲜明的政治倾向，真实深刻地反映了安史之乱前后的社会生活画面，因而被称为一代“诗史”。

读万卷书，不如行万里路。一千多年前，杜甫的足迹踏遍祖国的青山绿水，他的笔下有巍峨壮观的泰山、滋润万物的春雨、萧瑟凄凉的秋风……让我们跟随杜甫的脚步，一起领略大好河山的旖旎风光吧！

第一站

泰山 [TAISHAN]

位于今山东省泰安市

望岳

岱宗夫如何？齐鲁青未了。

造化钟神秀，阴阳割昏晓。

荡胸生曾云，决眦入归鸟。

会当凌绝顶，一览众山小。

注释

❶ 岱宗：泰山又名岱山、岱岳，为五岳之首、诸山所宗，故称“岱宗”。

❷ 青未了：郁郁苍苍的山色无边无际。

❸ 造化：大自然。

❹ 阴阳：阴指山的北面，阳指山的南面。这里指泰山的南北。

❺ 决眦（zì）：眼角要裂开。这是由于极力张大眼睛远望所致。

❻ 凌：登上。

译文

巍峨的泰山，到底如何雄伟？在古代齐鲁两大国的国境外，还能望见远远横亘在那里的泰山。大自然如此有景致，居然让泰山同时具备了神奇和秀美两个特点，它高大的山峰将山南山北的阳光割断，形成不同的景观。

升起的白云荡涤着胸怀，睁大双眼看那些回到山林中的小鸟。总有一天我会登上泰山的山顶，那时的群山在我眼中都会变得渺小。

泰山小档案

大名：泰山

别名：岱山、岱宗、岱岳、东岳、泰岳

地点：山东省中部，隶属泰安市，绵亘于泰安、济南、淄博三市之间

邻居：前邻孔子故里曲阜，背依泉城济南

景点：泰山十八盘、南天门、阴阳界、桃花峪、傲徕峰

五岳：东岳泰山、南岳衡山、西岳华山、北岳恒山、中岳嵩山

四大奇观：泰山日出、云海玉盘、晚霞夕照、黄河金带

游览特色：泰山历史悠久、气势磅礴，有“五岳之首”“天下第一山”之称

《望岳》背后的故事

公元 731 年，正值开元盛世，家境殷实的杜甫开始了十年左右的漫游，南至吴越，北达齐赵。公元 735 年，他回到洛阳参加科举考试，但未考中，又继续漫游。

在这段时间，他结识了李白、高适等人著名诗人，他们把酒论文，结下了深厚的友谊。

在长期的漫游中，祖国无比丰富的文化遗产和壮丽河山不仅充实了杜甫的生活，也开阔了他的视野和心胸，为他早期诗歌带来相当浓厚的浪漫主义色彩。《望岳》就是在这个时期写出来的，“会当凌绝顶，一览众山小”表现了他豪情万丈、希望登上事业顶峰的雄心壮志，以及对前程万里的乐观和自信。

盘古开天，头化泰山

泰山位于山东省泰安市中部，气势雄伟磅礴，有“天下第一山”之称。天下名山无数，为什么历代帝王和芸芸众生独以泰山为尊呢?

传说，世界还是一片混沌时，有一个叫盘古的巨人生长在混沌之间。在沉睡了一万八千年后，盘古醒了。他见四周一片黑暗，便抡起巨斧劈砍。于是，混沌渐分，轻而清的东西上升变成了天，重而浊的东西下沉变成了地。天空每日升高一丈，大地每日厚一丈，盘古也每日长高一丈。如此日复一日，年复一年，他就这样顶天立地生活着。

经过了漫长岁月，天变得极高，地变得极厚，盘古也长得极高。他呼吸的气化作了风；他呼吸的声音化作了雷鸣；他的眼睛一眨一眨的，闪出道道蓝光，这就是闪电。他高兴时天空就艳阳晴和，他生气时天空就变得阴雨连绵。

盘古慢慢地衰老，最后去世了。在他倒地的刹那，他的头变成了东岳泰山，腹变成了中岳嵩山，左臂变成了南岳衡山，右臂变成了北岳恒山，两脚变成了西岳华山，眼睛变成了日月，毛发变成了草木，汗水变成了江河。

因为盘古开天辟地，造就了世界，后人尊其为人类祖先，所以他头部变成的泰山就被称为至高无上的“天下第一山”，成了五岳之首。

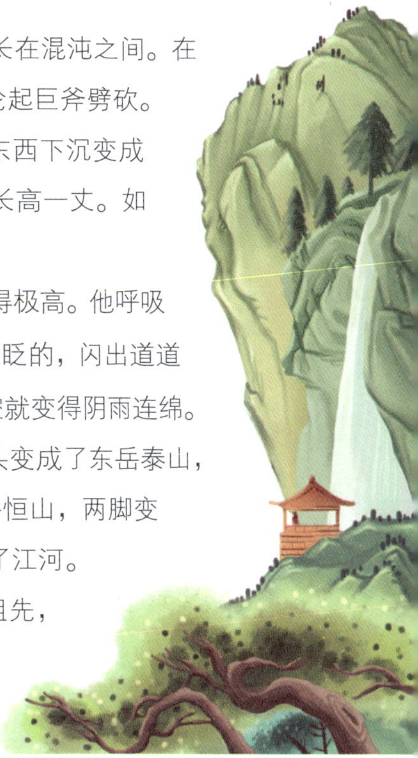

旅行小贴士

1. 阴阳界：实际上是一条灰白色的花岗质地岩脉，位于东百丈崖的峭壁边缘，地势险峻，因古人把岩脉看作阴间与阳间的分界线，故称之为“阴阳界”。

2. 傲徕峰：扇子崖之西是傲徕峰，因巍峨突起，有与泰山主峰争雄之势。古有民谚：“傲徕高，傲徕高，近看与岱齐，远看在山腰。”

3. 泰山十八盘：是泰山登山盘路中最险要的一段，共有石阶 1630 级，泰山的主要标志之一。

第二站

兖州 [YANZHOU]

今山东省济宁市

登兖州城楼

东郡趋庭日，南楼纵目初。

浮云连海岱，平野入青徐。

孤嶂秦碑在，荒城鲁殿馀。

从来多古意，临眺独踌躇。

注释

1. 兖州：唐代州名，在今山东省。杜甫父亲杜闲任兖州司马。
2. 东郡趋庭：到兖州看望父亲。
3. 海岱：东海、泰山。
4. 青徐：青州、徐州。
5. 鲁殿：汉时鲁恭王在曲阜城修的灵光殿。
6. 踌躇：犹豫。

译文

我来到兖州看望父亲，在这段时日里，我第一次登上了兖州城楼极目远眺。远处，白云飘浮，连接着东海和泰山，一望无际的田野连绵到青州和徐州。

秦始皇的石碑像一座高高的山峰屹立在这里，鲁恭王的灵光殿只剩下了荒芜的城墙。我素来就有怀古伤感之情，如今在这城楼上远望，不禁心生感慨，独自徘徊。

兖州小档案

大名：兖州

古称：沇州

地点：山东省济宁市

景点：天下第一剑、青莲阁、兴隆文化园、少陵台、兴隆塔、金口坝

周围景点：曲阜明故城、石门山、宝相寺、杏坛

杜甫和兖州的故事

青年时代的杜甫，过的是登山涉水、高歌游猎的生活。

十九岁的时候，杜甫离乡出游。他先是游齐鲁，后又漫游江南一带，到过金陵、姑苏，还乘船漂到天姥山下，游历了四五年时间。后来，他去洛阳参加进士考试，结果落第。当时，杜甫的父亲任兖州司马，他便去兖州省亲，开始齐赵之游。

杜甫第一次登上兖州城楼远望，浮云笼罩、原野辽阔，在一片壮丽迷人的景色中，秦碑、鲁殿就显得格外荒芜凄凉，诗人不禁怀古思情，写下了这首诗。

游玩了五六年后，杜甫回到洛阳，遇到了李白，两人一见如故，约定去开封、商丘一带游玩。之后，他们又从山东济南一路漫游到兖州。在这里，二人谈诗论文、把酒言欢，好不快活。直到秋末，杜甫才依依不舍地告别，结束了“放荡齐赵间，裘马颇清狂”的漫游生活。

兖州的由来

“兖州”在古代也称为“沇州”。沇是指沇水，出自河南济源市西王屋山，东流入海。

兖州名字的来历，和大禹治水有关。

相传，尧在世期间，中原地带洪水泛滥，庄稼、房屋全被淹没了，人们背井离乡，到处逃难。尧看到人们流离失所的惨状，下定决心要消除水患。于是，他到处访求能治理洪水的人，鲧（gǔn）就被举荐了出来。鲧用堵截的方法来治理洪水，九年而不得成功，最后被放逐羽山而死，舜继位以后，任用鲧的儿子禹治水。

为了治水，大禹日夜拼搏，栉风沐雨，节衣缩食，躬亲为民。在治水的十三年光阴中，大禹的决心坚定如山，三过家门而不入。直到治水成功，他才在兖州筑台召集天下九牧，按照山川河流的界限，将天下划为九州，即冀州、兖州、青州、徐州、扬州、荆州、豫州、梁州、雍州。

诗词大会

柳寒凋密翠，棠晚落疏红。

（唐 骆宾王《在兖州饯宋五之问》）

翩翩草檄外，可与相游遨。

（宋 范仲淹《送刘牧推官之兖州》）

旅行小贴士

1. 少陵台：李白与杜甫相会之处，杜甫曾在这儿作诗，李白也豪气万丈地登上此台吟诵。少陵台为兖州八景之一，谓之“南楼夕月”。登高远望，四季风光各有特色，美不胜收。

2. 兴隆塔：始建于隋朝，共13层，高54米，下部7层规格与同类砖塔近似，层层设台阶踏步，上6层急剧缩小，形成“塔上塔”，为全国罕见。梁思成和林徽因夫妇曾专程到此处写生，研究宝塔构造。

第三站

汾阳 [FENYANG]

今山西省汾阳市

过宋员外之问旧庄

宋公旧池馆，零落首阳阿。
枉道祗从入，吟诗许更过。
淹留问耆老，寂寞向山河。
更识将军树，悲风日暮多。

注释

❶ 宋公：指宋之问，初唐诗人，曾任考功员外郎。字延清，虢州弘农人。

❷ 阿：山腰。

❸ 枉道：绕道赶路。

❹ 祗（zhī）：还，依然。

❺ 淹留：停留。

❻ 耆（qí）老：宋之问的子孙。耆，古代年过六十者称耆。

译文

大诗人宋之问的旧山庄别墅，孤零零地坐落在首阳山的山腰。我恰好绕道经过此处，见行人在此随意出入，宅内并无居住的痕迹。前辈啊，能否允许我前来吟诗探访啊？

我停下来向老人询问宋公的子孙家世，老人告诉我，他家已无人了。我对着依然如故的山河，感到十分孤寂。看到宋公当时的园林树木，愈加使我回忆起昔日的情境而感到悲伤，真是越到走下坡路，凄厉的寒风越多！

汾阳小档案

大名： 汾阳

别名： 汾州

地点： 位于山西省腹地偏西，太原盆地西缘，吕梁山东麓

邻居： 东北部与文水县相邻，东南部与平遥县、介休市相交，西南部与孝义市相接，西部与中阳县区相连

景点： 文峰塔、峪道河马刨神泉、杏花村、太符观、文湖景区、贾家庄生态园

历史名人： 宋之问、郭子仪、狄青、王文素、孔天胤

游览特色： 省级历史文化名城，文物大市，有国家级非物质文化遗产汾州地秧歌、汾酒制作工艺等

《过宋员外之问旧庄》背后的故事

公元746年，杜甫初到长安，为增长见识、了解社会、结识名流，游历了许多地方。

杜甫之所以绕道宋庄，主要在于他相当尊重宋之问的诗作，所以他说：“为了吟诗，也许会再一次访问这位诗坛前辈的故居。”

宋之问虽为文人，但因其低劣的人品而遭人唾弃。他在政治上趋炎附势，媚附于武则天的宠臣张易之，写了很多歌颂功德、粉饰太平、浮华空泛的诗作。尽管他在当时得到武则天的赏识，但在唐睿宗即位后，便被流放到了钦州（今广西钦州）。颠簸的人生经历，让宋之问接触到了底层社会，历练了生活，也创作出了一些好的作品，令人耳目一新。

宋之问的为人杜甫是不认同的，但是他的一些诗歌，杜甫还是十分欣赏的。杜甫并没有因为不认可宋之问的人品，就全盘否定了他的诗作。所以他在路经宋之问的故乡汾阳时，不禁想起了宋之问虽然文著一时但下场飘零的旧事，感于人情冷暖、世事无常，于是写下了这首诗。

杏花仙子酿酒的传说

位于山西省汾阳市城北的杏花村，以酿酒、酒文化闻名。

相传，杏花村很早以前叫杏花坞，坞里有个年轻猎人名叫石狄。有一天，石狄路过杏林时救回了一位落难的姑娘，二人日久生情，结为了夫妻。

后来有一年杏子成熟的时候，一连下了十几天的大雨。雨过天晴后，被雨水淋过的杏子掉落在地上，眼看就要烂掉了，乡亲们急得脸上布满了愁云。

石狄的妻子灵机一动，用这些杏子酿出一种甘美的汁液。石狄喝了一口，觉得这水有一股奇香。妻子说："这叫酒，不是水，快请乡亲们也来尝尝吧！"

众人一尝，都连声叫好，并争相仿效。

原来，石狄的妻子是王母娘娘瑶池的杏花仙子，因受责罚而下凡。由于她酿造的美酒香飘天庭，王母命令雷公电母将她捉回。一声炸雷闪电劈过后，杏花仙子不见了身影。

从此，杏花坞流传着杏花仙子酿酒的传说。每年到杏花开放时节，村里总要下一场潇潇春雨。据说，那是杏花仙子在天上思念亲人的泪水。

旅行小贴士

1. 文峰塔：文峰塔是古代人民为使当地文风、文脉顺达，多出人才，根据风水理论而建造的，遍布全国各地州县。汾阳文峰塔高度位于全国古塔之首，是我国文峰塔中的杰出代表。

2. 杏花村：历代的杏花村都以酿酒、酒文化闻名。盛唐时，这里以"杏花村里酒如泉""处处街头揭翠帘"成为酒文化的古都。李白、杜甫等都曾赋诗赞誉。

3. 太符观：太符观的壁画、彩塑、悬塑、碑碣包含了丰富的道教内容，同时也是中国古代杰出的艺术作品，在山西宗教建筑中占据重要地位。

第四站

富县 [FUXIAN]

今陕西省富县

月夜

今夜鄜州月，闺中只独看。
遥怜小儿女，未解忆长安。
香雾云鬟湿，清辉玉臂寒。
何时倚虚幌，双照泪痕干。

注释

1. 鄜（fū）州：今陕西省富县。
2. 怜：想。
3. 未解：尚不懂得。
4. 云鬟：古代妇女的环形发饰。
5. 虚幌（huǎng）：透明的窗帷。幌，帷幔。
6. 双照：与上面的“独看”对应，表示对未来团聚的期望。

译文

今夜鄜州的月亮，一定也和长安的一样皎洁明亮。遥想闺阁中的妻子，可能也和我一样，正独自赏月。虽然有儿女陪伴在她身旁，可是，幼小的他们怎么懂得思念的痛苦呢？

夜深了，蒙蒙的雾气或许打湿了妻子的头发，清冷的月光也许寒冷了她的手臂。我们什么时候才能相见，一起倚靠着薄帷赏月，让月光照干我们脸上的泪痕。

富县小档案

大名： 富县

古称： 鄜州

地点： 陕西省延安市

美称： 塞上小江南、陕北小关中

景点： 宝室寺铜钟、柏山寺宝塔、石泓寺石窟、八卦寺塔群、玉女泉

杜甫和富县的故事

公元 755 年，安史之乱爆发。次年六月，杜甫带着妻儿离开长安，前往鄜州羌村避难。虽然安居在这个宁静的小山村，杜甫依然心忧天下，不忘关心时政。当他听到唐肃宗在灵武即位的消息后，便独自启程，希望赶到灵武为早日平叛效力。

不料，他没走多远，就被叛军抓住，送到了沦陷后的长安。因为官职太低，他才没有被囚禁起来。

身处在狼烟四起的地方，杜甫更加担心妻儿的安全，不知战火有没有烧到鄜州去。在一个月圆之夜，杜甫倚着窗户，思恋起远在故乡的妻儿，于是写下了这首诗，企盼团聚之日到来。

后来，郭子仪率大军来到长安附近，杜甫才摆脱叛军的监视，逃出长安投奔了唐肃宗。只是他并没有得到重视，还因为上疏劝谏惹怒了唐肃宗，在宰相张镐等人的营救下，才免除了罪责，被放回到鄜州羌村和家人团聚。

鄜州城的传说

唐贞观年间，鄜州建造都督府，迎来了鄜州大都督——开国元勋尉迟敬德。

尉迟敬德来了一看，发现鄜州城又小又破，于是下令重修鄜州城。他征派了许多民工，日夜不停地修建城池。当四面城墙城门修好后，城池已初具规模。尉迟敬德非常高兴，就请母亲来观看。他母亲看了之后，说："好是好，就是缺少四个大铁环。"

尉迟敬德不解地问："要大铁环干什么？"

他母亲说："等我们走的时候抬走啊。"

尉迟敬德笑了，说："谁会抬走城池啊？"

他母亲看着他，说："抬不动，你修那么壮观有什么用？你看这么多百姓，顶着烈日修建城池，日夜辛苦，导致遍地良田没人耕种，都长满了野草。以后没有粮食吃，你要让他们啃城墙吃吗？"

说完，母亲看了尉迟敬德一眼，发现他有所触动，就接着说："鄜州就是春秋战国时期的雕阴。当年，'雕阴之战'中，魏国大将率十万大军驻守雕阴，巩固城池，还是被英勇善战的秦军打败了。可见，打胜仗的关键不在于城池壮观好看，而在于将士有勇有谋，粮草充足……"

尉迟敬德听后，觉得母亲讲得很有道理，就下令停止修建城池，让百姓回家种地去了。从此，鄜州田地不再荒芜，老百姓过上了丰衣足食的生活。

旅行小贴士

1. 羌村故居：杜甫为了躲避"安史之乱"，曾带家人在富县茶房镇羌村住了一年多，留下了《羌村三首》等传世名作。羌村现保存有杜甫故居两孔土窑，明朝天宁寺石碑，少陵旧游摩崖石刻等古迹。

2. 宝室寺铜钟：铸造于公元629年，高1.55米，腰围4.2米，重1500公斤。它造型精美，铸工匀称，钟声雄浑，因诞生最早而享誉天下第一古钟的美称，是国家一级文物。

第五站

长安 [CHANG' AN]

今陕西省西安市

春望

国破山河在，城春草木深。
感时花溅泪，恨别鸟惊心。
烽火连三月，家书抵万金。
白头搔更短，浑欲不胜簪。

注释

1 国：国都，指长安，即如今的西安。
2 破：陷落。
3 草木深：人烟稀少。
4 感时：为战败的时局而感伤。
5 烽火：古时边防报警的烟火，这里指安史之乱的战火。
6 浑欲：简直就要。
7 胜：经受，承受。

译文

长安城山河依旧，可是国都已经沦陷，城池也在战火中残破不堪了，乱草丛生，林木荒芜。我感于战败的时局，看到花开而落泪，听到鸟鸣而心惊。

战乱持续了很长时间，家里已久无音讯，这时候的一封家书简直可以抵得上一万两黄金。我因为忧伤烦恼，头上的白发越搔越短，连簪子都快插不上了。

西安小档案

大名：西安

别名：长安、镐京

地点：陕西省西安市，位于渭河流域中部关中盆地

邻居：北临渭河和黄土高原，南邻秦岭，东与华县、渭南市、洛南县相接，西与眉县、太白县接壤

景点：华山、兵马俑、大雁塔、华清宫、黄帝陵、延安，壶口瀑布等

历史名人：秦始皇、唐太宗、卫青、张骞、柳宗元、班固、颜真卿等

荣誉：丝绸之路起点城市、十三朝古都、世界历史名城

《春望》背后的故事

公元755年十二月，唐朝将领安禄山与史思明背叛了朝廷，同唐王朝争夺统治权。而唐玄宗听信谗言，让朝廷损失了几员大将，导致唐军在战场上节节败退。

在第二年六月，叛军攻陷了潼关，唐玄宗带着妃子和一众皇子皇孙仓皇逃往四川。而皇太子李亨在众人的拥戴下，来到朔方，指挥抗敌。同年七月，他在灵武（今宁夏灵武西南）即位，改元至德，史称唐肃宗。杜甫听到唐肃宗在灵武即位的消息后，便把一家老小安顿在鄜州的羌村，前去投奔肃宗，想为国效力。没想到途中却被叛军抓住，带去长安，困在了那里。

杜甫想在国家危难之时贡献出自己微薄之力的愿望未能实现，反而被困在沦陷的都城中，内心悲愤至极。至德二年春，当时的长安城被安史叛军焚掠一空，满目凄凉。杜甫眼见祖国的山河依旧而国破家亡，春回大地却满城荒凉，在此身处逆境、思家情切之际，不禁触景伤情，百感交集之下，便写下了这首传诵千古的名作。

题字西安鼓楼的传说

西安鼓楼是西安市的标志性建筑，是我国现存的仅次于北京故宫的明代建筑（明代重修），鼓楼第三檐南北各悬有一块牌匾，更被认为是画龙点睛之笔。

民间的传说把西安的鼓楼跟唐代的武则天扯上了关系。据说鼓楼竣工那天，武则天命手下制作了两块长八丈、高三丈的大匾，重金遍求天下书法好手题字，谁知告示贴出去好多天了，居然没有一个人应招。

这个时候，一个扫地的杂役自告奋勇，愿意来写“文武盛地”这块匾。

当值的官员没有别的办法，只好让他试一试，只见这位杂役拿起一把大扫把，蘸着墨水，就在大匾上挥舞起来，只听得“唰唰”几声，“文武盛地”四个遒劲的大字已经写成。再看那位杂役，已经飞到云中，显出钟离权的像来。从此以后，这个匾额身价百倍，成为古城西安的一道风景。

旅行小贴士

1. 秦始皇兵马俑博物馆：中国第一个封建皇帝秦始皇嬴政的陵园中一处大型从葬坑，被誉为“世界第八大奇迹”，是当代最重要的考古发现之一。

2. 大雁塔：大雁塔位于西安市大慈恩寺内，又名“慈恩寺塔”，被视为古都西安的象征，它是8世纪为保存玄奘法师由天竺经丝绸之路带回长安的经卷佛像而建。

3. 华清池：亦名华清宫，是以温泉汤池著称的中国古代离宫。周、秦、汉、隋、唐历代统治者都将这块风水宝地作为他们游宴享乐的地方。白居易、杜牧等诗人在诗作中均有提及。

4. 秦岭野生动物园：位于秦岭北麓浅山地带，是集野生动物移地保护、科普教育、旅游观光、休闲度假等功能于一体的综合性园林项目。

第六站

秦州 [QINZHOU]

▶今甘肃省天水市

月夜忆舍弟

戍鼓断人行，边秋一雁声。
露从今夜白，月是故乡明。
有弟皆分散，无家问死生。
寄书长不达，况乃未休兵。

注释

① 戍鼓：边防驻军用以报时或警示的鼓声。
② 边秋：一作“秋边”，秋天边远的地方，此指秦州。
③ 一雁：孤雁。古人以雁行比喻兄弟，一雁，比喻兄弟分散。
④ 长：一直，老是。
⑤ 不达：收不到。

译文

边防驻军的更鼓声响起，禁止人们再通行，边塞的秋天里，一只孤雁在鸣叫。从今夜就进入了白露节气，月亮还是故乡的最明亮。

虽有兄弟却都分散了，没有家无法探问生死。寄往洛阳城的家书常常不能送到，何况战乱频繁没有停止。

天水小档案

大名：天水

别名：秦州

地点：地处陕、甘、川三省交界，西安和兰州两大城市中间

景点：麦积山石窟、伏羲庙、南郭寺、大地湾遗址、水帘洞

历史名人：秦襄公、李广、姜维

游览特色：享有“羲皇故里”的殊荣，境内文化古迹甚多

《月夜忆舍弟》背后的故事

在安史之乱中，杜甫和几个弟弟分开了，由于战事阻隔，杜甫和他们失去了联系，很长时间都没有他们的消息，杜甫担心他们的境况，十分思念他们。

当时的杜甫也处在颠沛流离的生活中，他辗转流落到秦州暂住，看到祖国的大好河山支离破碎，不禁为祖国感到悲痛；再想到自己也和亲人离散，更加思念起生死不明的兄弟。

正值白露时节，在戍楼上的鼓声和失群孤雁的哀鸣声的映衬之下，这种思念之情越发显得深沉和浓烈。触景生情下，诗人便写下了这首《月夜忆舍弟》，这也是他当时思想感情的真实记录。

七佛阁“泥菩萨”的传说

麦积山位于甘肃省天水市麦积区，是小陇山中的一座孤峰。麦积山顶有一个名叫七佛阁的大型崖阁。它是麦积山石窟中规模最大的一个石窟，里面有四十二尊菩萨雕像，这些菩萨都是泥塑而成，个个形态逼真、栩栩如生，是麦积山不可多得的艺术珍品。

七佛阁是北周武帝保定、天和年间，秦州大都督李允信让人建造的。传说当年李允信本来想用石头来雕刻这些菩萨，但最终又选用了泥土，这里面还有这样的传说呢……

相传，李允信是一个佛门忠实信徒，为了显示自己对佛的一片诚心，不惜动用四十多万人工，耗资巨资，在麦积山东崖上开凿石窟。他不但要开凿最大的佛龛，还下令让主持工程的大和尚，一定要用完整的大石来雕刻佛像。

开凿佛龛倒不难，难的是要从千里之外采运石头，再将大石运达山顶。大和尚因此犯了难，不知如何是好，于是就跪在香案前，请求佛祖明示。一炷香未完，他隐约听到有声音在耳边说：“佛，从西方净土世界而来，泥塑成身方可。”大和尚听后，急忙俯身叩谢。

李允信听了大和尚的话，起初不信，但摆出道场来问佛祖，才知是真。所以，七佛阁中的菩萨，就全部用泥土塑成了。

旅行小贴士

1. 麦积山石窟：因山形酷似农家麦垛之状，故名麦积山石窟。中国四大石窟之一，被誉为“东方雕塑馆”，其他三窟为：龙门石窟、云冈石窟和敦煌莫高窟。

2. 伏羲庙：原名太昊宫，俗称人宗庙，是目前中国规模最宏大、保存最完整的纪念上古“三皇”之一伏羲氏的建筑群。

3. 南郭寺：陇右第一名刹。这里古柏参天，风景优美，为天水八景之一，誉名“南山古柏”。南郭寺有一千多年的历史，历代诗人墨客都曾游览此地。

第七站

锦官城 [JINGUANCHENG]

今四川省成都市

春夜喜雨

好雨知时节，当春乃发生。
随风潜入夜，润物细无声。
野径云俱黑，江船火独明。
晓看红湿处，花重锦官城。

注释

❶ 知：明白，知道。这一句说雨知道时节，是一种拟人化的写法。
❷ 发生：萌发生长。
❸ 潜：暗暗地，悄悄地。这里指春雨在夜里悄悄地随风而至。
❹ 野径：田野间的小路。
❺ 晓：天刚亮的时候。
❻ 红湿处：雨水湿润的花丛。
❼ 花重（zhòng）：花沾上雨水而变得沉重。

译文

及时的雨好像知道时节似的，伴着春风在夜晚悄悄地下起来，无声地滋润着万物。

田野小径的天空一片昏黑，唯有江边渔船上的一点渔火放射出一线光芒，显得格外明亮。等天亮了来看，那雨水滋润后的花丛，一定是一片繁华盛开的景象。

成都小档案

大名：成都

别名：蓉城、锦城、芙蓉城、锦官城、天府之国

地点：位于四川盆地西部，成都平原腹地

景点：武侯祠、杜甫草堂、金沙遗址、大熊猫繁育研究基地

历史名人：司马相如、卓文君、薛涛、杨玉环

游览特色：国家历史文化名城，古蜀文明发祥地

《春夜喜雨》背后的故事

公元 759 年冬天，杜甫在经过一番颠沛流离之后，来到四川成都定居，在那里度过了一段较为安定的生活。

后来，在朋友的帮助下，杜甫终于有了一个属于自己的住所，他将住所取名为浣花草堂，也就是杜甫草堂。这时候的生活总算得以安定下来，而他也开始有了闲情雅致去观察成都的自然景物，并对它们进行深入的观察和细致的琢磨。这段时期，杜甫还写出了不少吟咏自然景物的诗篇，《春夜喜雨》就是其中最突出的一首。

写这首诗的时候，杜甫在草堂已经居住了两年。在这两年里，他亲自耕作，种菜养花，与农民也颇多交往，因而对春雨之情很深，有感于春雨对农业的作用，写下了这首诗作。他以极大的喜悦之情，赞美来得及时、滋润万物的春雨。

斗犀台的传说

都江堰位于四川省都江堰市城西，而倚山临江的斗犀台是都江堰市的著名古迹，斗犀台是根据四川郡守李冰化犀斗江神的传说命名的。

相传两千多年前，由于江神为害，造成成都平原水灾不断。为乞求江神不再危害生灵，每年农历六月二十三日，老百姓都要杀猪宰羊孝敬江神，还要献上两名童女。但江神照样涌水为患，百姓苦不堪言。

李冰任四川郡守后，了解了人民每年祭江神的惨重代价，决心除去这个祸害。就在那年祭祀江神之日，李冰将儿子扮成敬献给江神的童女，在江边摆好祭品，亲自主持祭祀，并向江神劝酒。李冰连劝三杯之后，见江神仍滴酒不沾，勃然大怒，拔剑刺向江神。江神见势不妙，化作犀牛转身就逃，李冰也摇身一变，化作犀牛紧紧追赶，于是，两头犀牛时而在江中，时而在祭台上，战得天昏地暗。

最后，李冰在众人的帮助下，终于杀死了江神，为民除去了这个祸害。为了纪念李冰，人们将李冰斗犀的地方称为“斗犀台”。

旅行小贴士

1. 都江堰：都江堰水利工程是由秦国蜀郡太守李冰率众修建的，是全世界迄今为止，年代最久、唯一留存、以无坝引水为特征的宏大水利工程，被誉为“世界水利文化的鼻祖”。

2. 杜甫草堂：杜甫草堂是杜甫在成都的故宅旧址。草堂博物馆内珍藏各种历史资料3万余册，文物2000余件，是研究“诗圣”杜甫的珍贵资料。

3. 武侯祠：位于四川省成都市南门武侯祠大街，是中国唯一的君臣合祀祠庙，由刘备、诸葛亮蜀汉君臣合祀祠宇及惠陵组成，享有三国圣地的美誉。

4. 大熊猫栖息地：此地是保护国际选定的全球25个生物多样性热点地区之一。从某种意义上来讲，它可以说是一个“活的博物馆”。

第八站

新津 [XINJIN]

今四川省新津县

后游

寺忆曾游处，桥怜再渡时。
江山如有待，花柳自无私。
野润烟光薄，沙暄日色迟。
客愁全为减，舍此复何之？

注释

❶ 后游：指重游修觉寺。

❷ 曾（céng）：一作“新”，一作“重”。

❸ 怜：爱。

❹ 有待：有所期待。

❺ 烟光：云霭雾气。

❻ 暄（xuān）：暖。

❼ 复何之：又去往哪里呢。

译文

想起曾经在修觉寺游览过的地方，这次重游对桥更生爱怜之情。美好的江山好像也在那儿等着我；花柳摇曳生姿，无私地奉献着一切，欢迎我再度登临。

清早，薄如轻纱的晨曦滋润着原野；傍晚，滞留大地的余晖迟迟不退，沙地在闪闪发光。看了如此美好的景色，远游在外的愁闷完全减消了，除了这儿还要往哪儿去呢？

新津小档案

大名：新津

美誉：南方丝绸古道第一站

地点：成都市下辖县，位于四川盆地西部，成都市南部

景点：花舞人间、宝墩古城遗址、观音寺、纯阳观、老君山、梨花溪

游览特色：有大小景点20余处；诸多景观结构多元、内涵丰富，有“蓉城南路第一景，川西名胜上河图”之称

《游修觉寺》与《后游》

公元761年春，杜甫到新津游修觉寺，并写下了《游修觉寺》这首诗。同年，杜甫再次游修觉寺，又写了这首《后游》。

由于心态的不同，旧地重游往往会有不同的感受，在《游修觉寺》中，杜甫作为异乡游客，愁绪重重；在《后游》中，杜甫却又愁闷全减。

杜甫带着游修觉寺的回忆，跨过可爱的小桥再次登山访古寺，对桥和寺都更生爱怜之情。他在修觉寺流连很久，因为看了如此美好的景色，在外远游的愁闷完全消解了。表面看来，他好像是赞美此处风景绝佳，其实，这正是他心中有愁难解，强作豁达之语。杜甫流落西南，中原战乱，干戈不止，山河破碎，民生多艰，他的满腔愁愤无由排解，只好寄情于山水之间，所以减愁两字是以喜写悲，反而更增其哀。

这首诗写得表面豁达，实则沉郁，正因为抑扬顿挫的写法，反而产生更为感人的效果。

新津纯阳观的传说

距离成都仅 38 公里的新津纯阳观，又称“古今天下第一忠孝儒林”，是儒道佛三教并存之地。为什么新津县会修建纯阳观呢？这里面还有一个有趣的传说呢。

相传在清朝道光年间，现在的纯阳观旁边有座土地庙。土地庙附近的村子有一个农民叫罗老二，罗老二家里有一个年老体衰的母亲。罗老二每天起早贪黑卖油糕维持生活，虽然生活贫困，但是罗老二对母亲特别孝顺，村里的人都叫他罗孝子。

罗孝子每天卖油糕都要经过土地庙，每次路过他都要虔诚地朝拜土地爷。他如此虔诚，感动了八仙中的吕纯阳，也就是吕洞宾。

吕洞宾帮罗孝子卖油糕发了财，罗孝子发财后，便用所赚的钱在土地庙旁修了一座吕仙祠。

后来，吕洞宾又帮助成都巨商庄辅臣赶走了抢劫的匪徒，庄辅臣十分感激，来新津吕仙祠祭拜吕洞宾。他见吕仙祠年久失修，便在光绪年间捐钱重新修建了现在的纯阳观。

旅行小贴士

1. 梨花溪：每年春天梨树漫山遍野，花开如云似雪。景区内茂林修竹，绿荫扶疏，溪水潺潺，鸟语虫鸣，更有峥嵘怪石，异景奇观，宛若世外桃源，是观赏梨花的必去之地。

2. 观音寺：四周九峰环抱，宛如九朵莲花，观音寺居中央，故名“九莲景”。寺内的佛教十二圆觉壁画堪与北京法海寺和山西永乐宫壁画媲美，塑像造型生动准确，均为艺术精品。

3. 纯阳观：又称“古今天下第一忠孝儒林”，为纪念吕洞宾而修建。内有多尊塑像，栩栩如生，有二十四忠臣、二十四孝子，儒佛道三教合一，并存一地。

第九站

梓州 [ZIZHOU]

今四川省三台县

闻官军收河南河北

剑外忽传收蓟北，初闻涕泪满衣裳。
却看妻子愁何在，漫卷诗书喜欲狂。
白日放歌须纵酒，青春作伴好还乡。
即从巴峡穿巫峡，便下襄阳向洛阳。

注释

1. 剑外：剑门关以南，这里指四川。
2. 蓟北：泛指唐代幽州、蓟州一带，今河北北部地区，是安史叛军的根据地。
3. 却看：回头看。
4. 妻子：妻子和孩子。
5. 愁何在：哪还有一点儿的忧伤？愁已无影无踪。
6. 漫卷（juǎn）：胡乱地卷起。
7. 青春：指明丽的春天的景色。

译文

剑南一带忽然传来官军收复蓟北的喜讯，初闻此讯，我止不住热泪滚滚，洒满了衣裳。回过头看着妻子儿女，他们脸上的愁云已经一扫而光；我胡乱地收卷起一堆诗书，欣喜得简直要发狂！满头白发的我，要放声高歌，还要纵情饮酒；有明媚的春光做伴，正好可以启程回归故乡。我将立即乘船从巴峡启程，顺水穿过巫峡，经过了襄阳后又直奔洛阳。

梓州小档案

大名： 梓州

别名： 三台县

地点： 位于四川盆地中偏西北部，绵阳市东南部

景点： 云台观、郪江古镇、西平古镇、鲁班湖、琴泉寺等

历史名人： 苏舜钦、岑参、卢纶、韩愈、刘禹锡、贾岛等

游览特色： 梓州是与成都齐名的川北重镇，这里有川北最大的码头，杜甫在此多次迎来送往、吟诗作赋

《闻官军收河南河北》背后的故事

公元 762 年冬季，唐军在洛阳附近的衡水打了一个大胜仗，收复了洛阳、郑（今河南郑州）、汴（今河南开封）等地，叛军头领薛嵩、张忠志纷纷投降。第二年，史思明的儿子史朝义打了败仗自杀了，其他的手下田承嗣、李怀仙等相继投降。至此，持续八年之久的“安史之乱”终于宣告结束。

“官军收复蓟北了啊！”一大早，这个令人振奋的消息便传遍了梓州，大家欢呼雀跃，一片喜气洋洋，无处不洋溢着欢乐的气氛，所有人都互相庆祝、道喜。

杜甫当时流落在梓州，他听到这个大快人心的消息后，欣喜若狂，马上回家告诉了家人：“蓟北被收复了，我们可以回家了！”妻子和儿女也十分开心。杜甫激动地说道：“如今，洛阳已被官军收复了，现在不回家，还等何时，咱们快整理行李，准备回家吧！”

杜甫说完，饱含激情地写下了这首诗。

避尘珠的传说

云台观又名佑圣观，位于三台县城南40公里，是中国四大著名道观之一。云台观作为一处著名的风景名胜区，不仅景色秀美，还有一个神奇的现象。

云台观有一个大殿叫圣母殿，这个殿堂长期以来很少打扫，但是殿里却非常干净，不仅没有一点儿灰尘，屋檐下甚至连蜘蛛网都没有。传说，这是因为这个殿堂里曾经放置过一颗名叫“避尘珠”的神奇宝物，所以圣母殿这么多年来一直保持着明亮洁净，连角落里都没有一点儿灰尘堆积。

圣母殿的天花板上有一幅耀眼夺目的《游龙出海图》，图案上有三条立体雕刻的蟠龙，相传“避尘珠”以前就是被它含在嘴巴里。后来，“避尘珠”被偷走了，不过虽然珠子不在了，它神奇的效力却还在，圣母殿色彩至今仍然十分华丽，很少看到灰尘，实在是非常神奇。

旅行小贴士

1. 云台观：四川省第二大道观，位于三台县南百里的安居境内。

2. 郪江古镇：三台文化的发祥地，境内有战国时代郪王城和郪王墓，汉代至两晋时期的崖墓群，唐宋时代摩崖造像，明清时期的民居、街道、寺庙和石桥，它们反映了郪江的悠久历史和源远流长的古代文化。

3. 西平古镇：被评为“四川最美古镇”，主要景点有念佛楼、古民居、石板街、四大会馆、吴氏宗祠等。

第十站

西岭雪山 [XILINGXUESHAN]

位于今四川省大邑县

绝句

两个黄鹂鸣翠柳，

一行白鹭上青天。

窗含西岭千秋雪，

门泊东吴万里船。

注释

1. 西岭：西岭雪山。
2. 千秋雪：指西岭雪山上千年不化的积雪。
3. 泊（bó）：停泊。
4. 东吴：古时候吴国的领地，今江苏省一带。
5. 万里船：不远万里开来的船只。

译文

两只黄鹂在翠绿的柳树间婉转地歌唱，一队整齐的白鹭直冲向蔚蓝的天空。

我坐在窗前，可以望见西岭雪山上堆积着终年不化的积雪，门前停泊着自万里外的东吴远行而来的船只。

西岭雪山小档案

大名：西岭雪山

地点：位于四川省大邑县境内

景点：熊猫林、阴阳界、日月坪、五彩瀑、鸳鸯池、观云台

珍稀动物：大熊猫、牛羚、金丝猴、猕猴、小熊猫、云豹、金鸡

游乐设施：高山滑雪场、雪上游乐场、滑草场

中国之最：滑雪场内的吊厢式索道全长 2500 米，是中国最长的索道；落差 1000 米，是亚洲落差最大的索道

适宜游玩季节：冬季最佳

《绝句》背后的故事

杜甫在四川成都定居时，经常受到老朋友严武的关心照顾。公元 762 年，朝廷让严武入朝做官，两人只好依依惜别了。

严武走了以后没过多久，四川发生动乱，杜甫为了避难，暂时逃往梓州、阆州一带。在这期间，朝廷人事更替，叛乱平息了，而严武也因为平乱有功而升官，重新回到了四川任职。杜甫在知道这一消息以后，十分高兴，他赶紧收拾行李，也跟着回到了成都，结束了一年多的流浪生活。

杜甫回草堂后，看到院子里的松、竹都长得生机勃勃，以前养的狗出来迎接他，邻居也为他摆酒设宴欢迎他。这熟悉的一切都让杜甫心情特别好，他情不自禁写下了这一组即景小诗。兴到笔随，事先没有拟题，诗成后也不打算拟题，干脆以“绝句”为题。

鸳鸯池的传说

西岭雪山俗名大雪塘，有成都第一峰之称。小西天、大仙峰、二仙峰、南天门、城门洞、鸳鸯池、红蛛池都是西岭雪山附近的风景名胜。

传说在很久以前，西岭雪山曾是火山多发区，鸳鸯池这里就有一座火山。有一天，火山突然爆发了，当地的村民们来不及逃跑，眼看岩浆就要从火山口喷发出来了，大家都惊慌失措，不知道该怎么办好。

在这危急的时刻，一位青年男子站了出来，为了救乡民们，他奋不顾身地跳下了火山口，以身堵火。可是，青年男子跳下火山口后，火山仍在喷发，大家正不知所措的时候，一位一直深爱着那名青年男子的姑娘也纵身跳了下去。

这时，奇迹出现了，火山终于停止了喷发，并溢出一股清泉，村民们也都得救了。

“火山坑”有1米多深，直径在4米左右，溢出的泉水流进坑中，形成了一个水池。坑中有一个碗口大小的洞口，泉水源源不断地流进去，声音叮咚作响。每到夏天，这个水池中就会出现成群的鸳鸯，所以人们就把这个水池称作鸳鸯池。

旅行小贴士

1. 熊猫林：大熊猫经常出没的地方。西岭雪山箭竹成林，植被丰美，森林茂密，气候宜人，是大熊猫的天然庇护所和繁衍栖息地。

2. 阴阳界：西岭雪山白沙岗上一个大垭口。它既是分水岭，又是不同气候的分界线，西部为青藏高原气候，寒冷干燥；东部为盆地气候，温暖湿润。

3. 日月坪：日月坪是一个原始的世界，常见云海浩瀚，波澜壮阔，更有神奇的佛光、霞光万道的日出、彩虹圈日的华光。据传，看到日月坪“佛光”的人会有好运降临。

第十一站

剑州 [JIANZHOU]

今四川省剑阁县

将赴荆南寄别李剑州

使君高义驱今古，寥落三年坐剑州。
但见文翁能化俗，焉知李广未封侯。
路经滟滪双蓬鬓，天入沧浪一钓舟。
戎马相逢更何日，春风回首仲宣楼。

注释

❶ 使君：指李剑州，当时任剑州刺史，是位有才能而未被朝廷重用的地方官，名字不详。

❷ 文翁：西汉庐江舒县人。他曾在成都设学校，免除入学者徭役，实施了一系列促进当地文化发展的措施。

❸ 李广：西汉名将。

❹ 滟滪（yàn yù）：即滟滪滩，在四川奉节县东五公里瞿塘峡口，旧时是长江三峡的著名险滩。

❺ 仲宣楼：汉末文学家王粲在荆州避难的地方。

译文

你高风亮节纵贯古今，却在寥落之际被困剑州三年。世人只看见文翁能够教化大众，改变风俗，哪里知道英勇善战的李广将军一生都没有被封侯。

路经滟滪滩的时候，风吹着我耳边蓬松的头发。我看着自己的小船，在波浪中起起伏伏。在这兵荒马乱的年月，我们什么时候才能再见面呢？可能是某个春风和煦的日子，我们在仲宣楼相见吧。

剑阁县小档案

大名：剑阁县

别名：剑州、剑门

地点：位于四川省广元市

美称：川北金三角、蜀道明珠

景点：剑门关、翠云廊、剑州古城、鹤鸣山、觉苑寺、拦马墙

杜甫与剑阁县的故事

剑阁县又称剑门。“惟天有设险，剑门天下壮”，这是杜甫第一次见到剑门山时，脱口而出的诗句。

公元 759 年，杜甫因对污浊的时政不满，放弃了华州司功参军的职务，带着家人从甘肃来到成都。在经过剑门山的时候，他被眼前雄奇险要的山势震撼，发出了“一夫怒临关，百万未可傍”的感慨，即使是百万大军来了，也过不了一个人镇守的剑门关。可见，剑门关的地势之险峻、位置之重要。

杜甫在成都浣花溪草堂住下后，暂时过上了安居闲适的生活。但是，他依然心忧天下，希望能早日平乱安民，实现自己的抱负。

杜甫在成都期间，结交了当时的剑州刺史，他也是一位很有才能的人，把剑州治理得井井有条，却一直没有被朝廷提拔。公元 763 年，杜甫准备离开成都前往荆州，此去一别，不知何时再见。于是，他写下这首诗寄给朋友，不仅是宽慰朋友，也是在宽慰自己。

剑门蜀道的传说

古蜀道是金牛道、阴平道、米仓道的统称，而其中最为核心的部分是金牛道，又叫剑门蜀道。

金牛道位于四川省剑阁县剑门关内，又叫石牛道，得名源自“石牛粪金、五丁开道”的故事。

相传战国时期，秦惠王想攻打蜀国。只是，秦国到蜀国中间隔着千万重大山，根本没有道路可以通行。于是，秦惠王心生一计，让人凿刻了五头巨大的石牛，谎称是金牛，每天能屙黄金，并派人专门“饲养”，说要赠送给蜀王。

贪婪的蜀王听到这个消息后，信以为真，便派了五个身强力壮的大力士劈山开道，将石牛运回了蜀国。不久之后，秦国的兵马就顺着这条道路，把蜀国占领了。这就是“五丁开山”的传说，而这条拖送石牛的道路，就是金牛道。

旅行小贴士

1. 翠云廊：是由近万株苍翠的古柏组成的绿色长廊，分布在蜀道两旁。它是世界罕见的人工植造的古老行道树群体，被誉为“世界奇观”“蜀道灵魂”。

2. 觉苑寺：始建于唐贞观年间，坐北向南，气势磅礴庄严。寺中壁画精妙绝伦，由释迦牟尼佛本传故事组成，是中国唯一保存完好的《佛本生经》。

第十二站

阆中 [LANGZHONG]

今四川省阆中市

阆水歌

嘉陵江色何所似？石黛碧玉相因依。
正怜日破浪花出，更复春从沙际归。
巴童荡桨欹侧过，水鸡衔鱼来去飞。
阆中胜事可肠断，阆州城南天下稀！

注释

1. 阆水：又名“阆中水”，即嘉陵江。
2. 嘉陵江：长江上游支流。在中国四川省东部，发源于秦岭，自重庆注入长江。
3. 石黛：即石墨。此句形容江水青绿。
4. 欹（qī）：倾斜。
5. 胜事：美景。这里指山水之美。
6. 可肠断：指极其可爱。

译文

嘉陵江的水色像什么呢？仿佛就是石黛碧玉相接交错的感觉。可爱的红日正冲破浪花出来，更有春色从江边的沙滩归来。

巴地的孩童荡着桨从旁边经过，水鸡衔着小鱼来去飞翔。阆中美景令人爱极了，阆州城南的胜景真是天下稀有！

阆中小档案

大名： 阆中市

别名： 保宁

地点： 地处四川盆地东北部，位于嘉陵江中游

景点： 阆中古城、汉桓侯祠、锦屏山、老观古镇等

历史名人： 范目、落下闳、邓平、任文公、周群、马忠、张宪

游览特色： 阆中素有“阆苑仙境”“巴蜀要冲”之誉，境内拥中国四大保存最完整的古镇之一的阆中古城，古城建址是完全按照唐代天文风水理论的一座城市，被誉为“风水古城”

《阆水歌》背后的故事

公元 763 年秋天，杜甫第一次到阆中，他是因为好朋友房琯去世，前来吊唁的。杜甫追悼亡友，同时内心对也充满了对国事的担忧，所以无心游历当地名胜，当年冬天就匆匆返回了梓州。

次年春天，杜甫第二次到阆中，这一次是应王刺史的邀请而来的，并住了将近三个月。在这期间，他参与了阆中在清明节前后十日祭祖祭亡友的扫墓活动，不仅领略了阆中如画的美景，更是耳闻目睹了多种多样的“阆中先祖之神话传说”，因而感慨良多，写下了这首著名的《阆水歌》。

杜甫在阆中的时间虽然不长，创作的诗篇却不少。这首《阆水歌》专咏阆水之胜，它与《阆山歌》一起成为杜甫在这一时期的代表作。

会仙桥遇八仙的传说

四川省阆中市的锦屏山下有一座石拱桥，叫会仙桥，这座桥为什么会叫会仙桥，说起来还有一个有趣的传说……

相传清朝嘉庆年间，有一个名叫黎学锦的人在阆中担任官职，他在任职期间捐俸银、修河堤，为老百姓做了很多好事。

有一天早晨，天气炎热，黎学锦准备去锦屏山避暑，他路过锦屏山下的一座石拱桥时，看见桥下有八个乞丐手捧砂锅，用膝盖将砂锅底一顶，然后啃锅底，黎学锦见状，觉得蹊跷，就上前问道："这是怎么回事？"

乞丐异口同声地回答："度黎机、度黎机。"

黎学锦以为"肚里饥肚里饥"就是肚子饿了，立即叫随从把带的干粮交给八个乞丐。随后继续上山，走到山腰处，他猛然醒悟，意识到八个乞丐就是八位神仙，度黎机不就是度我黎学锦吗？想到这里，黎学锦火速下山。谁知到了石拱桥处，八位神仙早已不知去向。

黎学锦仰天长叹："虽有仙根，却无仙缘！憾事！"

为了这一奇遇，黎学锦就把这座石拱桥命名为会仙桥，小巷命名为会仙巷，并在锦屏山主峰悬岩上督工凿石拓一巨洞，塑八座神像取名八仙洞，又在半山腰建静应祠供奉八仙。

旅行小贴士

1. 汉桓侯祠：俗称张飞庙，是纪念三国时蜀汉名将张飞的祠庙。汉桓侯祠布局严谨，构造别致，是一处重要的三国文化遗迹。

2. 锦屏山：濒临嘉陵江，山势独特险峻，花木似锦，山峰连列如屏，世称锦屏，有"阆苑仙境"和"天下第一江山"的美誉。

3. 老观古镇：风景秀丽，自古就是军、商要地。历经千年沧桑，至今仍完整保存着完好的古建筑街区，是中国历史文化名镇。

第十三站

长江 [CHANGJIANG]

流经四川省、重庆市等地

旅夜书怀

细草微风岸，危樯独夜舟。

星垂平野阔，月涌大江流。

名岂文章著，官应老病休。

飘飘何所似，天地一沙鸥。

注释

1. 书怀：书写胸中意绪。
2. 危樯（qiáng）：高高的船桅杆。
3. 月涌：月亮倒映，随水流涌。
4. 名：著名，有名。
5. 应：是，认为是。
6. 飘飘：飞翔的样子，这里借沙鸥喻人的漂泊，含有飘零、漂泊的意思。

译文

微风吹拂着江岸的细草，那立着高高桅杆的小船在夜里孤独地停泊着。星星垂在天边，平野显得宽阔；月光随波涌动，大江滚滚东流。

我哪里是因为文章而成名呢，年老病多也应该辞官了。自己到处漂泊像什么呢？就像天地间的一只孤零零的沙鸥。

长江小档案

大名： 长江

别名： 扬子江

沿岸重要城市： 重庆、宜昌、武汉、南京、上海

水利工程： 葛洲坝工程、三峡工程

湖泊： 洞庭湖、鄱阳湖、太湖、巢湖

支流： 雅砻江、岷江、沱江、嘉陵江、乌江、清江、汉江、湘江等

游览特色： 长江是亚洲第一大河，世界第三大河，中国东西航运的大动脉，沟通西南、华中、华东三大区，大小湖泊与干支流众多，发源于青海省唐古拉山，最终于上海汇入东海

《旅夜书怀》背后的故事

公元765年正月，杜甫辞去了节度使参谋职务，返回成都草堂居住。没过多久，他的好朋友严武去世了，杜甫在成都失去了依靠，迫于无奈只好带着一家老小乘船东下，经过嘉州（今四川乐山）、榆州（今重庆市），去往忠州（今四川忠县）。

《旅夜书怀》这首诗就是在这段时间里写下的。旅途中，诗人看着辽阔的平野、浩荡的大江、灿烂的星月，不由回想起一生的坎坷遭遇。当时，他虽然因为文章写得好而名声显赫，但是却得不到朝廷重用，远大的政治抱负长期被压抑不能施展，报效朝廷的希望完全破灭了，这实在不是他的志愿，因此便告病辞官了。

杜甫在这首诗中用广大无垠的夜景衬托沉重的孤独感，天地虽大，却无自己的安身之处；景色辽阔壮丽，却只能反衬出自己孤寂而悲愤的心境。

神女峰的传说

长江是亚洲第一长河，关于长江，有很多美丽动人的传说故事。

相传，远古时代，瑶池宫里住着西天王母的第二十三个女儿，名叫瑶姬。有一天，她带着侍从飞越千峰万岭，来到云雨茫茫的巫山上空，却见十二条蛟龙正在兴风作浪，危害人民。瑶姬除掉蛟龙，替人民消除了灾难，但是十二条蛟龙的尸体却化作十二座大山，堵住了巫峡，壅塞了长江，使得滔滔江水漫向田园、城郭，今天的四川一带变成了一片汪洋大海。

大禹受命治理水患。然而，山高水急，采用开山疏水的办法治理水患十分艰难。正当禹焦急万分的时候，瑶姬唤来黄摩、童津等六位侍臣，施展仙术，助禹疏导了三峡水道，让洪水畅通东海。

水患虽已治理，瑶姬并没有离去，她仍然屹立在巫山之巅，为行船指点航路，为百姓驱除虎豹，为人间耕云播雨。年复一年，她忘记了西天，也忘记了自己，终于变成了那座令人向往的神女峰；她的侍从也化作一座座山峰，像一块块屏障、一名名卫士，静静地守立在神女峰的身旁。

长江流域典型城市

1. 重庆：重庆市位于长江、嘉陵江汇合处，成渝、川黔、襄渝三大铁路在此交汇。这里是三大“火炉”中暑热（32℃以上）和酷热（37℃以上）天数最长的城市。

2. 武汉：地处江汉平原东部。世界第三大河长江及其最大支流汉水在城中交汇，将武汉城区一分为三，形成了武昌、汉口、汉阳三镇隔江鼎立的格局。

3. 南京：南京地处中国东部、长江下游，是中华文明的重要发祥地，历史上曾数次庇佑华夏之正朔，有“六朝古都”“十朝都会”之称。

第十四站

江陵宋玉宅

[JIANGLING SONGYUZHAI]

位于今湖北省荆州市

咏怀古迹五首·其二

摇落深知宋玉悲，风流儒雅亦吾师。

怅望千秋一洒泪，萧条异代不同时。

江山故宅空文藻，云雨荒台岂梦思。

最是楚宫俱泯灭，舟人指点到今疑。

注释

1. 摇落：凋残，零落。
2. 怅望：惆怅地看。
3. 空文藻：斯人已去，只有诗赋留传下来。
4. 云雨荒台：宋玉在《高唐赋》中述楚襄王游高唐，梦一妇人，自称巫山之女，临别时说："妾在巫山之阳，高丘之岨，旦为行云，暮为行雨，朝朝暮暮，阳台之下。"
5. 泯灭：丧失，消灭，没有了。

译文

草木凋零是因为体会到了宋玉的悲伤，他的文采洒脱可以做我的老师。想到宋玉的一生，我惆怅不已，不禁洒下了泪水。我虽然与宋玉生在不同的朝代，但萧条寂寞，惆怅失志的境遇是相同的。在这大好江山里，还保留着宋玉的故居，但是人们只知道他的文采辞藻好，却不了解他创作《高唐赋》的真正用意。最让人痛心的是，人们不关心楚国的兴亡，也不了解宋玉的志向抱负和创作精神，以至将曲解当成史实。

荆州小档案

大名： 荆州

别名： 江陵、郢都

地点： 位于湖北中南部、长江中游、江汉平原腹地

邻居： 东连武汉，西接宜昌，南望湖南常德，北毗荆门、襄阳

景点： 荆州古城、熊家冢、关公义园、章华寺、黄山头森林公园等

历史名人： 楚庄王、伍子胥、张居正、孙叔敖等

游览特色： 荆州历史悠久，早在五六千年前，人类就在这里创造了大溪文化等原始文化；荆州还是楚文化的中心之一

《咏怀古迹》背后的故事

杜甫被后世人尊为“诗圣”，是中国诗坛上大师级的人物。可是，杜甫在长安困居十年，多次参加科举考试，竟然没有一次考中。

后来，唐玄宗将举行祭祀太清宫、太庙和天地的三大盛典，杜甫写了《三大礼赋》献上去，并因此得到玄宗的赏识，让他待在集贤院，等候分配。一直到杜甫四十四岁的时候，朝廷才给了他一个负责看守兵甲器仗、管理库府锁匙的职位，迫于生计，杜甫无奈地接受了这个官职。

公元 766 年，杜甫从夔州出三峡，到江陵，游历了宋玉宅等古迹，对这位古代的才士深表崇敬。他怀念宋玉，并联想到自己的身世，因而写下了这首诗。

在杜甫看来，宋玉既是词人，更是志士。宋玉胸怀才学但生不逢时，难以施展，不被赏识任用，还遭误解，这既是宋玉一生遭遇最可悲哀处，也是杜甫自己一生遭遇最为伤心处。所以杜甫怀念宋玉，抒发自己的情怀，以千古知音写不遇之悲。

息壤治水的传说

息壤是指能自己生长的土壤，鲧治水时曾在荆州古城留下一处息壤遗迹，位于南门外西侧城墙脚边，是一个长约 40 米、宽约 10 米的土丘，上面有四根石柱作为标志。

传说在中国远古时代，洪水泛滥，百姓无处居住，人口迅速减少。尧召集各部落首领商量，大家决定派鲧去治理洪水。

鲧想要在村子周围建上高堤挡住洪水，可是，上哪里找这么多土石来修高堤呢？这时，一只灵龟告诉鲧："天庭有一个宝物，叫息壤。只要弄一点儿出来投向大地，马上就会成倍生长，积成山，堆成堤，还怕堵不住洪水吗？"

鲧向天帝借息壤用，结果被拒绝了。于是鲧乘守卫疏忽，偷走了息壤。回去后，鲧将息壤往水里一撒，息壤迅速生长，很快就将洪水阻隔在大堤之外。人们脱离了洪水的包围，高兴得又叫又跳。

天帝知道了鲧偷走息壤的事，立刻收回了息壤。息壤一撤，洪水立即反扑而来，冲垮了堤坝，毁坏田园，淹死了许多百姓。尧大怒，处死了鲧。

鲧死后，尸体三年都没有腐烂，有人感到奇怪，就剖开了他的尸体，禹就从尸体里蹦了出来。禹继承父亲的遗志治理洪水，很快让水患得到了根治，人们得以安居乐业。

旅行小贴士

1. 荆州古城：又名江陵城，始建于春秋战国时期，经过 350 多年的风雨，现存的古城墙大部分为明末清初建筑，是我国府城中保存最为完好的古城垣。

2. 关公义园：位于荆州古城东南侧，园内矗立着世界最大体量关公青铜雕像。

3. 章华寺：相传是在楚灵王的离宫章华台的遗址上修建的，为荆楚名刹。章华寺同汉阳归元寺、当阳玉泉寺并列为湖北三大丛林。

第十五站

昭君村 [ZHAOJUNCUN]

位于今湖北省宜昌市

咏怀古迹五首·其三

群山万壑赴荆门，生长明妃尚有村。
一去紫台连朔漠，独留青冢向黄昏。
画图省识春风面，环佩空归夜月魂。
千载琵琶作胡语，分明怨恨曲中论。

注释

❶ 荆门：山名，在今湖北省宜都市西北方向。

❷ 明妃：指王昭君。

❸ 去：离开。

❹ 紫台：汉宫，紫宫，宫廷。

❺ 朔漠：北方的沙漠。

❻ 青冢：王昭君的坟墓。

❼ 省识：指不能从画像中完全认出来。

❽ 春风面：形容王昭君的美貌。

译文

千山万岭好像波浪一般奔赴荆门，这里还留存着昭君生活过的山村。她离开汉宫嫁到北方的荒漠，只留下一座青冢对着黄昏。

如今只能凭画像想象她的花容月貌，月夜里响起的环佩叮当声应该是她的魂魄回来了。她作的胡音琵琶曲流传千载，倾诉的分明是她的满腔怨恨。

宜昌小档案

大名：宜昌

别名：夷陵

地点：位于湖北省西南部、长江上中游分界处

景点：三峡大坝、三峡人家、清江画廊、九畹溪漂流、昭君村等

历史名人：屈原、王昭君

游览特色：历史悠久，文化丰厚，曾经是楚文化和巴文化发展的重要中心之一

《咏怀古迹》背后的故事

公元 766 年，杜甫从夔州出发，乘着小船顺着三峡来到了江陵，这期间他先后游历了宋玉宅、庾信古居、昭君村、永安宫、先主庙、武侯祠等古迹，写下了《咏怀古迹五首》，以抒情怀。这首咏昭君的诗，就是其中一首。

杜甫写这首诗时，正住在夔州白帝城。这是三峡西头，地势较高。他站在白帝城高处，东望三峡东口外的荆门山及其附近的昭君村，想到了北方万里之外的那座孤坟。而杜甫的家也在北方，虽不及昭君出塞之地那么远，可是由于战争，他的家乡洛阳，依然是可望而不可即的地方。

身处乱世，漂泊在外，有家不能回，杜甫的处境和昭君十分相似。所以，当他路过昭君村时，不禁思念起自己的故乡来，于是写下了这首诗。

王昭君的传说

王嫱，字昭君，湖北省秭归人，是中国古代四大美女之一的“落雁”。

西汉时期，汉元帝下诏征集天下美女补充后宫，王昭君被选入其中，因没有贿赂画师毛延寿，她被画得平平无奇，因此未曾得到元帝的召见。后来，匈奴呼韩邪单于来到长安，提出和亲的请求。王昭君听闻这个消息后，不甘心在后宫做一辈子的白头宫女，便毅然请命前去和亲。汉元帝第一眼看到王昭君，便被她的美貌征服，但已经答应了呼韩邪单于，此时后悔也来不及了。

于是，王昭君骑着马，顶着刺骨的寒风，千里迢迢地嫁到了匈奴。她慢慢地习惯了匈奴的生活，并把中原的文化传到匈奴，教他们育桑种麻、纺纱织布。就这样，匈奴和汉朝和睦相处了六十多年。

王昭君去世之后，葬在了大黑河南岸。据说，每到深秋时节，塞上的草木都枯黄了，唯有昭君墓嫩黄黛绿，草青如茵。因此，人们也把昭君墓叫作“青冢”。

旅行小贴士

1. 三峡大坝旅游区：以世界上最大的水利枢纽工程——三峡工程为依托，全方位展示工程文化和水利文化，提供游览、科教、休闲、娱乐为一体的多功能服务，将现代工程、自然风光和人文景观有机结合，使之成为国内外友人向往的旅游胜地。

2. 三峡人家风景区：依山傍水，风情如画。传统的三峡吊脚楼点缀于山水之间，久违的古帆船、乌篷船安静地泊在三峡人家门前，溪边少女挥着棒槌在清洗衣服，江面上悠然的渔家在撒网捕鱼……千百年来流传不衰的各种习俗风情体现着峡江人民的质朴好客。

第十六站

夔州 [KUIZHOU]

今重庆市奉节县

登高

风急天高猿啸哀，渚清沙白鸟飞回。
无边落木萧萧下，不尽长江滚滚来。
万里悲秋常作客，百年多病独登台。
艰难苦恨繁霜鬓，潦倒新停浊酒杯。

注释

1. 啸哀：指猿的叫声凄厉。
2. 渚（zhǔ）：水中的小洲或陆地。
3. 萧萧：模拟草木飘落的声音。
4. 百年：这里借指晚年。
5. 繁霜鬓：增多了白发。
6. 新停：刚刚停止。杜甫晚年因病戒酒，所以说“新停”。

译文

风急天高猿猴的啼叫声显得十分悲哀，水清沙白的河洲上空鸟儿在盘旋。看不到边际的树木萧萧地飘下落叶，望不到头的长江水滚滚奔腾而来。

我常年四处漂泊作客他乡，面对凄凉的秋景不禁悲从中来，回想一生当中疾病缠身，直到今日独上高台；历尽了艰难苦恨，白发长满了双鬓，衰颓满心偏又放下了消愁的酒杯。

奉节小档案

大名：奉节县

别名：夔州

地点：位于长江上游地区、重庆东北部，长江三峡库区腹心

景点：瞿塘峡、白帝城、天坑地缝、天鹅湖、长龙山等

游览特色：奉节是座历史古城，也是三峡的文化存根；它经历了西汉公孙述称帝，蜀主刘备托孤，诸葛亮水八阵退敌，唐初李靖压兵荆楚等历史风云

《登高》背后的故事

公元767年秋天，杜甫在夔州生活时写下了《登高》这首诗。

当时安史之乱已经结束四年了，但地方军阀又乘势而起，相互争夺地盘。杜甫本来依托严武，在成都度过了一段相对安适的生活，可是严武病逝后，杜甫失去了依靠，只好离开已经生活了五六年的草堂，乘船南下。

杜甫本来想直接去夔门，中途却生病了，在云安待了几个月后才到夔州。到了夔门后，当地都督十分欣赏杜甫，对他也比较照顾，杜甫在夔门一住就是三年。在这三年里，他的生活依然很困苦，身体也不太好，经常生病。

一天，已经五十多岁的杜甫独自登上夔州白帝城外的高台。登高望远，萧瑟的秋江景色，引发了他对自己身世飘零的感慨和年老多病的悲哀，当时百感交集，于是，就写下了这首被誉为“七律之冠”的《登高》。

夔门的传说

奉节是一座历史文化积淀深厚的古城，一座富有传奇色彩的魅力之城，一座独一无二的滨江之城，那些动人的民间传说，更为奉节披上一层神秘的外衣。

在奉节县的著名景点夔门，就有这样一个传说……

相传当年禹来到此地治水，见前面高山阻挡，洪水前去无路，倒退不能。于是他挥动长鞭，驱赶一头开山劈路的神牛，去撞击那座高高的山峰。神牛向前冲去，角撞弯了，可是山岩上没有裂缝。

于是，禹挥起开山斧，一斧劈下。只听“咣当”一声，只砍下一尺来深的缝隙。禹飞舞开山斧，不停地开山。结果，他的双手虎口被震裂了，开山斧把折断了，但高峰只被劈开一尺来深。

禹并不气馁，决定重新铸斧。他找到当地的石匠、樵夫、猎人，向他们了解情况。大家也给禹想办法、出主意。禹铸成了一把新的开山斧，集中众人的智慧，把山上的树木点燃，在山上烧起满山大火。火苗猛扑岩壁，烈焰冲上九霄，岩石变成火红。这时，只见禹挥动大斧，一斧之下，天崩地裂，将高山劈成两半。

就这样，高山裂开了，形成了夔门，也就是今天的瞿塘关。

旅行小贴士

1. 瞿塘峡：又名夔峡。西起白帝城，东至巫山大溪镇。在长江三峡中，虽然它最短，却最为雄伟险峻。主要景点有奉节古城、八阵图、鱼复塔、古栈道、风箱峡、粉壁墙、孟良梯、犀牛望月。

2. 白帝城：三峡的著名游览胜地。原名子阳城，为西汉末年割据蜀地的公孙述所建，公孙述自称“白帝”，故称此城为“白帝城”。白帝城是观“夔门天下雄”的最佳地点。

3. 天坑地缝：是世界上深度和容积最大的岩溶漏斗。天坑口四面绝壁，如斧劈刀削，宏伟壮观。坑中有无数幽深莫测的洞穴和一条汹涌澎湃的暗河。

第十七站

公安 [GONG' AN]

今湖北省公安县

公安县怀古

野旷吕蒙营，江深刘备城。
寒天催日短，风浪与云平。
洒落君臣契，飞腾战伐名。
维舟倚前浦，长啸一含情。

注释

❶ 公安县：地名，属于湖北省。

❷ 吕蒙营：东吴大将军吕蒙曾驻军公安一带，与蜀军对峙。

❸ 刘备城：三国时期，刘备曾为荆州牧，居住此城。

❹ 洒落：不受拘束。

❺ 契：契合，相处融洽。

❽ 维舟：系舟。

译文

原野空旷，吕蒙曾在此处驻扎营地。江深浪激，刘备也曾在此地筑建坚城。天气渐渐寒冷，白昼也变短了。狂风怒号，大浪滔天，似乎要冲向天际与云平齐。

刘备、孙权待臣子们如同兄弟，君臣相处融洽，潇洒磊落，终于战功赫赫，名扬天下。我把小船系在江边向远处望去，想起这些往事，不禁长叹一声，发出怀古之情。

公安县小档案

大名： 公安县

别称： 三袁故里、百湖之县

美称： 银公安

地点： 位于长江中游南岸，归荆州市管辖

景点： 南平文庙、卷桥风景区、黄山头风景区、三袁故里、鸡鸣古城、牛浪湖

历史名人： 车胤、张景、袁宗道、袁宏道、袁中道

杜甫与公安县

公元 768 年，杜甫带着家眷乘坐小船从重庆出发，一路漂泊，来到了荆州。

在荆州的大半年，迫于生计，杜甫不得不外出谋生，甚至要靠借钱维持生活。可是，谋生之路并不顺利，家人经常要受饥挨饿。

无奈之下，杜甫又带着家人，顺江而下，在深秋的时候来到了公安。

秋风萧瑟中，杜甫看着滔滔江水，巨浪翻滚，不禁想到三国时期，那些赫赫有名的人物——刘备、吕蒙，他们都在公安驻扎过。进而，他思及刘备、诸葛亮、关羽、张飞，以及孙权与吕蒙之间的君臣关系，坦荡磊落，相互契合，才最终成就了雄图大业，名垂青史。联想到自己的际遇，他不禁一声长叹，写下了《公安县怀古》这首诗。

公安名字的来历

公安最早被称为梅园，那时家家户户都喜欢种梅花。一年冬天，天气寒冷，一位秀才从这里路过，看见一树树梅花开得正盛，争奇斗艳，非常迷人，就给这里取了一个名字——梅园。

后来，汉高祖刘邦分郡定县，又把梅园改为孱陵。到了三国时期，左将军刘备任职荆州牧，在油江口驻扎安营。

刘备驻扎在这里以后，很多人都写信来问候他，他们总在信中写道："左公安否？"

因为刘备忙于军务，根本没有时间来详细回信，便拿起笔，简单写下两个大字"公安"（即左公安康的意思），日子一长，这两个字便成了刘备的口头禅。后来，为了纪念刘备在此安营之意，孱陵便被改为公安，至今已有 1800 多年的历史了。

旅行小贴士

1. 黄山头风景区：共有大小山峰 32 座，主峰海拔 286 米。主峰上有"忠济庙、谢公墓、南禅寺、云霄宫、犀牛望月、仙人掌、白龙井、连理枝"八景，每一处景观都有悠久的历史渊源和美丽的神话传说。

2. 牛浪湖：是公安最大的湖泊之一， 2 万多亩湖泊水质清澈，水生植物繁多，周围的丘岗上松柏茂盛、修竹苍翠。"公安三袁"之一的袁宏道死后就安葬在离牛浪湖不远的法华寺白鹤山一带。

第十八站

潭州 [TANZHOU]

今湖南省长沙市

发潭州

夜醉长沙酒，晓行湘水春。

岸花飞送客，樯燕语留人。

贾傅才未有，褚公书绝伦。

名高前后事，回首一伤神。

注释

1. 湘水：湘江。
2. 樯燕：船桅上的燕子。
3. 贾傅：汉代文学家、政治家贾谊。
4. 褚公：唐代书法家褚遂良。
5. 绝伦：无与伦比。
6. 名高：盛名，名声大。
7. 回首：回想，回忆。

译文

昨夜，我在长沙痛饮沉醉而眠，今天天刚亮，我就要告别湘江两岸明媚的春色去远行。抬头望去，岸边落花纷飞，似在为我送别。船桅上燕子呢喃，好像在挽留我。

汉代的贾谊才华出众世间少有，唐代的褚遂良书法无与伦比。两人在不同的时代名满天下，可惜都遭贬谪抑郁而终。回想起这些，我不禁黯然神伤。

长沙小档案

大名： 长沙

别名： 潭州

地点： 湖南省东部偏北，湘江下游和长沙盆地西缘

景点： 岳麓山、橘子洲、杜甫江阁、天心阁、马王堆汉墓等

杜甫与长沙的故事

公元 768 年，杜甫乘着小船从四川出发，准备北上回到河南洛阳，实现他叶落归根的夙愿。谁知，他在旅途中得知河南兵乱，交通阻隔，不能前行。无家可归的杜甫想到了湖南的一位旧友——韦之晋，他当时任衡州刺史。杜甫经过潭州，去衡州投奔他。

身患疾病的杜甫抱着凄凉的心情，由湘江进入潭州的乔口。舟行湘江，江水盈盈，景色迷人，杜甫不禁赞叹“湖南清绝地”。在游览了岳麓山之后，杜甫才离开长沙，向衡州出发。

杜甫的小船再次经过潭州时，心境已是大不一样。他写下《发潭州》这首诗，“岸花飞送客，樯燕语留人”，表面上看是飞花、燕子不舍诗人的离去，实际上是诗人自己的不舍，他已爱上了长沙这个地方。

杜甫赶赴衡州，才得知韦之晋已调任潭州刺史。杜甫又匆匆赶回潭州，却听韦之晋突然暴毙。身无分文又患有疾病的杜甫，只能暂时栖居在江中的一条小船上，偶尔暂住在江边的驿楼，招待前来的朋友。后来，杜甫在湘江边租了一间简陋的房屋，因房屋面临湘江，便将其取名为“江阁”。

公元 770 年冬天，杜甫病死在长沙与岳阳之间湘江上的舟中，终年五十九岁。

橘子洲的美丽传说

橘子洲位于湘江江心，西望岳麓山，东临长沙城，四面环水，绵延十余里。春天，江水清澈，沙鸥点点。秋天，桂黄橘红，一片清香。

橘子洲不光景美，还流传着一个美丽的传说……

相传，在湘江还没有橘子洲的时候，江边上住着一群渔民。渔民中，有一位绰号为“胡子爹”的老人，他德高望重，深受大家的爱戴。大家商量之后，决定做一条腰带送给他。

他们选了七位手巧的姑娘，编织了一条结实的白腰带，并在腰带上绣了一座美丽的长岛，送给了胡子爹。胡子爹十分感动，把它系在了腰间。

有一天，胡子爹和渔民们在江中捕鱼。突然，天气陡变，一时间狂风骤雨，浪水滔天，情况十分危险。胡子爹正在担忧之时，腰带竟产生了一股巨大的力量，把他拽到了岸边。

于是，他立刻解下腰带，向风浪中的渔民们扔去。腰带向江中飘去，竟越飘越长、越飘越大，最后变成了一块腰带形状的陆地。随后，渔民们登上陆地，全部得救了。

后来，渔民们就在这块陆地上定居下来，他们辛勤劳作，把它变成了一座美丽的小岛，并种上了很多柑橘树。这座岛就成了如今的橘子洲。

长沙的历史名人

1. 屈原，战国时期楚国诗人、政治家。公元前295年，屈原在被贬期间，到达长沙。他行走于湘水、沅水间，仍心系国运、忧国忧民，留下了《离骚》《九歌》《渔父》等不朽的诗篇。

2. 张仲景，东汉著名医学家。他曾为长沙太守，在任期内，正值瘟疫流行，他便“坐堂行医”，拯救了众多百姓的性命。他行医游历各地，广泛收集医方，经过十数年的努力，写出了传世巨著《伤寒杂病论》。

3. 欧阳询，唐朝著名书法家。他的字笔力遒劲，自成一体，人称“欧体”，对后世影响很大，与颜真卿、柳公权、赵孟頫并称为“楷书四大家”。

图书在版编目（CIP）数据

跟着诗人去旅行．杜甫 / 胥婷，苏璇主编．
—武汉 ： 长江出版社，2019.10
ISBN 978-7-5492-6739-2
Ⅰ．①跟… Ⅱ．①胥… ②苏… Ⅲ．①杜诗－诗歌欣赏 Ⅳ．① I207.2

中国版本图书馆 CIP 数据核字（2019）第 235025 号

跟着诗人去旅行．杜甫
GENZHESHIRENQULÜXING.DUFU
胥婷 苏璇　主编

责任编辑： 梁琰
出版发行： 长江出版社
地　　址： 武汉市江岸区解放大道 1863 号
邮　　编： 430010
网　　址： http://www.cjpress.com.cn
电　　话： 027-82926557（总编室）
027-82926806（市场营销部）
经　　销： 各地新华书店
印　　刷： 武汉市卓源印务有限公司
规　　格： 710mm×1000mm
开　　本： 16
印　　张： 20
字　　数： 300 千字
版　　次： 2019 年 10 月第 1 版
印　　次： 2023 年 2 月第 2 次
书　　号： ISBN 978-7-5492-6739-2
定　　价： 108.00 元（全四册）

跟着诗人去旅行

李白

两岸青山相对出，孤帆一片日边来。

段思捷◎主编

长江出版社
CHANGJIANG PRESS

目 录 MULU

李白的生平

李白，字太白，号青莲居士，公元701年出生在安西都护府碎叶城，公元762年因病在宣城去世。他是我国唐朝伟大的浪漫主义诗人，享有"诗仙"的美誉。

青少年时期，李白一直在蜀中读书，学习剑术。公元725年，李白离开蜀中，开始了"仗剑去国、辞亲远游"的旅行者生涯。他从三峡乘舟顺江而下，去了一个个陌生而又遥远的地方。他攀登过八十多座名山，足迹遍布了大半个中国。祖国的大好河山，都被他一一记录在诗歌里。

李白途经庐山时，被庐山的壮美景色所震撼，写下了脍炙人口的《望庐山瀑布》。离开庐山以后，李白先后来到金陵、扬州、姑苏等地。到扬州时，正好是秋天，李白病倒在驿馆里，思乡心切的他写下了广为传诵的《静夜思》。

公元742年，李白供奉翰林，在这期间他奉诏写下了《清平调》等作品。没过多久，李白就对这种生活感到厌倦，他渐渐失去了玄宗的宠信，被赶出了皇宫。

离开皇宫后，李白又开始了他的旅行生涯。在洛阳，他和杜甫成为了朋友，

两人相约去山东游玩，分别时，李白写了一首《鲁郡东石门送杜二甫》送给杜甫。

后来，安史之乱爆发，李白在庐山定居。永王李璘率领军队经过浔阳时，派人去请他做幕僚，李白应邀加入了军队。李璘兵败之后，李白也因此被关进了监狱。在好友的帮助下，李白保住了性命，被流放到夜郎。李白刚到白帝城的时候，朝廷宣布大赦，李白又重新获得了自由。心情舒畅的李白，在白帝城写下了流传千古的《早发白帝城》。

之后，李白又在金陵、宣城一带生活了一段时间。公元 761 年，年已花甲的李白加入了李光弼的军队，想要为平定安史之乱出力，可惜半路上因为身患重病而返。第二年，李白的病情加重，最后不治身亡。

李白的人生经历丰富，充满着传奇的色彩。虽然他在政治上没有什么建树，但是他创作的诗歌却流传千古。他用奇特的想象，为我们展示了“飞流直下三千尺，疑是银河落九天”的庐山瀑布；他的“举头望明月，低头思故乡”令所有出门在外的游子深夜辗转反侧，望月思乡……

古人已去，来者犹可追。通过本书，我们可以跟随李白的脚步，去看看这些山川河流，看看它们在千百年来的历史变迁中，有着怎样的改变。

读万卷书，不如行万里路。一千多年前，李白的足迹踏遍祖国的青山绿水，他的笔下有飞流直下的瀑布、一望无际的长江、雄伟高耸的山峰……让我们跟随李白的脚步，一起领略大好河山的旖旎风光吧！

第一站

峨眉山 [EMEISHAN]

位于今四川省峨眉山市

峨眉山月歌

峨眉山月半轮秋，
影入平羌江水流。
夜发清溪向三峡，
思君不见下渝州。

注释

1. 半轮秋：秋天夜晚的上弦月形状像半个车轮。
2. 影：月光的影子。
3. 平羌江：即青衣江，大渡河的支流，在今四川中部峨眉山东北。
4. 发：出发。
5. 三峡：据《乐山县志》指四川省乐山县的嘉州小三峡：犁头峡、背峨峡、平羌峡，清溪在犁头峡的上游。也有说指长江三峡：瞿塘峡、巫峡、西陵峡。
6. 下：顺流而下。

译文

在巍峨高耸的峨眉山上，半轮明月高高地挂在山头。明亮的月影倒映在缓缓流动的平羌江面。夜晚，我乘舟从清溪出发，向着三峡而去。

我就要离开蜀地，心中涌起了对你的思念，想到以后难以再相见，不知不觉间，小船顺流而下奔着渝州而去了。

峨眉山小档案

大名： 峨眉山

地点： 四川省峨眉山市

美称： 峨眉天下秀

奇观： 金佛、金殿、佛光、圣灯、日出、云海

最高处： 万佛顶（海拔 3099 米）

崇拜者： 李白、陈子昂、杜甫、苏轼等

小伙伴： 四川峨眉山与山西五台山、浙江普陀山、安徽九华山并称为“中国四大佛教名山”

李白与峨眉山的故事

公元 720 年，年少成名的李白去投靠渝州（今重庆）的刺史同族长辈李邕，希望他能提携自己，一展抱负。可是，李邕自以为是，瞧不起李白，让他吃了闭门羹。李白受了挫，心里愤愤不平，写了一首诗给李邕，说“宣父犹能畏后生，丈夫未可轻年少”。

李白失望地离开渝州，前往峨眉山，不仅想一睹高耸入云的雄壮山景，也想一展与天试比高的凌云壮志。这年初秋，李白来到了峨眉山，他借宿到白水寺（今万年寺）中。在这里，他遇上了第一个知音好友——广浚和尚。

一天，李白听到寺中传来悠扬的琴声。他被琴声所吸引，循着琴声找来，只见一名身穿素净僧袍、神情专注的和尚在弹琴。琴声如万壑松涛风似的朝李白席卷而来，李白郁结的心境如流水洗过一般纯净轻快。由于他听得入神，不知不觉天都黑了。

此后，两人一个吟诗，一个弹琴，成了挚交好友。后来，李白离开蜀中，途经嘉州地界时，看着月色中的峨眉山，不禁想起了在山中的好友，不知何时能再相见，便写下了这首广为传唱的《峨眉山月歌》。

李世民与峨眉山

《峨眉郡志》云:“云鬘(mán)凝翠,鬒(zhěn)黛遥妆,真如螓首峨眉,细而长,美而艳也,故名峨眉山。”

峨眉山山势险峻,风景十分优美,许多文人墨客慕名拜访。岑参、韦应物等都在峨眉山留下了他们的足迹。

值得一提的是,李世民在做秦王时,有一年的秋天来成都视察军事,特地来到了峨眉山。此时他同太子李建成争斗激烈,可是秀美的峨眉山景,也没有改变他对李氏王朝担忧的心情,忧心之余,他写下了“菊散金风起,荷疏玉露圆。将秋数行雁,离夏几林蝉。云凝愁半岭,霞碎缬高天。还似成都望,直见峨眉前”的诗句。

诗词大会

君不见峨眉山西雪千里,北望成都如井底。

(宋 苏辙《诗一首》)

灌口江源不断流,峨眉山月几番秋。

(宋 范成大《重送文处厚,冈寄蜀父老三首》)

旅行小贴士

1. 不可错过的峨眉山金顶金佛:金顶是峨眉山的象征,而金佛是峨眉山的标志。48米高的四面十方普贤金像矗立在金顶之上,俯瞰着山下的一切,非常有气势。

2. 李白住过的万年寺:万年寺是峨眉山历史最悠久的古刹之一,创建于东晋时期。寺庙四季景色宜人,附近的山民村舍错落,宛如一幅恬静的山乡景色图画。

第二站

荆门山 [JINMENSHAN]

位于今湖北省宜都市

渡荆门送别

渡远荆门外，来从楚国游。

山随平野尽，江入大荒流。

月下飞天镜，云生结海楼。

仍怜故乡水，万里送行舟。

注释

❶ 荆门：荆门山，位于今湖北省宜都市西北、长江南岸。

❷ 楚国：楚地，指湖北一带，春秋时期属楚国。

❸ 平野：平坦广阔的田野。

❹ 海楼：海市蜃楼，这里形容江上云霞的美丽景象。

❺ 怜：怜爱、喜爱。

❻ 万里：比喻行程之远。

译文

我乘船远行，路过荆门山附近，来到楚国的故地。青山随着船的远行，渐渐消失在这平坦广阔的田野之中。江水白茫茫一片，仿佛流入了广袤荒原。

水波中的月影，宛如天上飞来的明镜。天空中的云彩，变幻无穷，结成了绮丽的海市蜃楼。但我还是更喜爱故乡的滔滔江水，它奔流不息陪伴着我行舟万里。

荆门山小档案

大名：荆门山

美称：川鄂咽喉、全楚西塞第一关

地点：湖北省宜都市

地位：楚之西塞

景点：仙人桥、岩岫十二碚等

著名战争：荆门之战、夷陵之战、安蜀城之战

李白三渡荆门

公元724年，李白离开蜀中，到江陵游玩。小船行至荆门山附近，李白伫立在船头，四处张望，眼前是一望无际的平原，他的胸襟也随之开阔起来。夜幕降临，皓月东升，奇异的美景让李白惊奇万分，意气风发的他，大手一挥，写下了《渡荆门送别》。“月下飞天镜，云生结海楼”的美景至今吸引着游人的目光。

公元725年，壮志满怀的李白，准备到东部寻求为官的门路，又一次经过了风光旖旎的荆门山。这次，李白不再只是沉醉于美景之中，而是发出了“此行不为鲈鱼鲙，自爱名山入剡中”的感慨。

公元757年，李白因参加永王李璘的幕僚而获罪。后来，他被流放发配到夜郎。途中遇到大赦，他在东归时，第三次经过了荆门山。虽然李白饱经风霜，但是他并没有就此沮丧，仍然心怀希望，写下一首《荆门浮舟望蜀江》来表达自己愉悦的心情。

荆门山的传说

荆门山位于葛洲坝下游 10 公里处，与北面的虎牙山隔江对峙，江水如碧，青山如翠，自古以来就是楚之西塞，也是战争频发之地。这里流传着一个关于大禹的传说。相传，在远古时代，从巫山的神女峰飞来一头青色的雄狮，盘踞在这片土地上，想将此地据为己有。没过多久，又从安徽的黄山飞来一只白色的猛虎，也看中了这片土地，于是它就与雄狮展开了争夺。两只猛兽为了争夺地盘，斗得不可开交，发出天崩地裂的吼叫声，扰得附近的居民无法生活。大禹治水时正好经过这里，他见状，用力抛出一根铁链分别把青狮和白虎锁住。从此，青狮和白虎各自占据南北，再也没有争斗了。

诗词大会

巴国山川尽，荆门烟雾开。

（唐 陈子昂《度荆门望楚》）

楚塞三湘接，荆门九派通。

（唐 王维《汉江临眺》）

荆门山的历史

早在春秋时期，楚文化的发祥地——沮漳河流域是江汉平原的西大门，被誉为楚之西塞。公元前699年，楚国大将屈瑕率领军队征伐罗国，但因为轻敌而失利。随后，楚武王吸取教训，在巩固腹地的基础上开拓边疆，于公元前 691 年灭掉了罗国，随之将罗国遗民南迁至枝江，楚之西塞也由沮漳河流域迁移到地处长江天险的荆门山和虎牙山一带，并在此建起城邑。

第三站

庐山 [LUSHAN]

位于今江西省庐山市

望庐山瀑布·其二

日照香炉生紫烟，
遥看瀑布挂前川。
飞流直下三千尺，
疑是银河落九天。

注释

1. 香炉：庐山的香炉峰。
2. 紫烟：日光透过云雾，远望如紫色的烟云。
3. 遥看：从远处看。
4. 川：一般指河流，这里指瀑布。
5. 三千尺：形容山高。这里是夸张的说法，不是实指。
6. 九天：古人认为天有九重，九天是最高层，即天空最高处。这里表明瀑布的落差之大。

译文

太阳照耀在庐山的香炉峰上，阳光透过云雾，看着如同紫色的烟云袅袅升起。远远望去，瀑布像长河一般悬挂在山前。

瀑布仿佛是从三千尺的高处奔流而下，不禁让人怀疑，这也许是银河里的水，从九天之外，垂落到山崖间的。

庐山小档案

大名： 庐山

别名： 匡山、匡庐

雅号： 文国诗山

地点： 江西省庐山市

美称： 匡庐奇秀甲天下

荣誉： 中华十大名山、世界文化遗产

景点： 含鄱口、三叠泉、五老峰、芦林湖等

奇观： 云海、瀑布云、蜃景、佛光

《望庐山瀑布》背后的故事

公元 725 年，年轻的李白来到了向往已久的庐山。当他第一次登上庐山的香炉峰时，便被眼前旖旎的风光所吸引，在太阳的照耀下，香炉峰好像散发着淡淡的紫烟。突然，李白听到水声如奔腾的骏马，从云端倾泻而下，他循着水声来到瀑布前，顿时被这壮观的瀑布所震惊。随后，他写下两首《望庐山瀑布》来赞美眼前的景色，其中第二首被广为流传。

多年之后，唐朝诗人徐凝也来到了庐山，写下了一首《庐山瀑布》：“虚空落泉千仞直，雷奔入江不暂息。今古长如白练飞，一条界破青山色。”写完之后，他十分得意，觉得可以与李白的诗媲美。可是人们并不买他的账，尤其是宋代的文学家苏轼，觉得他的诗写得很一般，还写诗说：“帝遣银河一派垂，古来唯有谪仙词。飞流溅沫知多少，不与徐凝洗恶诗。”以此来批评徐凝的这首诗不如李白的那样奔放空灵。

庐山名称的由来传说

“庐山”二字最早出现在司马迁的《史记》中。公元前126年，司马迁游历庐山，归来后在《史记·河渠书》中写道：“余南登庐山，观禹疏九江。”

庐山历来也被称为仙山，这是因为此地流传着许多与修道成仙有关的传说。相传，在西周初期，有一位名叫匡俗的先生，在庐山寻道求仙。后来，匡俗的事迹被朝廷知道了。于是，周天子想请他出山相助，但是匡俗不愿意做官，便躲到深山里去了。周天子又派人去找，却再也没有看到匡俗的踪影，人们便认为他已经成仙了。后来人们把匡俗求仙的地方称为“神仙之庐”，那座山也被称为庐山，也叫匡山、匡庐。

到了宋朝，为了避宋太祖赵匡胤的名讳，匡山曾被改称康山。

庐山的名人

1. 陶渊明，东晋著名田园诗人。公元405年，陶渊明不愿“为五斗米折腰”，挂印去职，隐居于庐山脚下，躬耕田园，饮酒赋诗，终老一生。

2. 顾恺之，东晋著名画家。据史料记载，顾恺之曾经画过一幅《庐山图》，开创了真正意义上的中国山水画的先河。

3. 朱熹，宋朝的理学家。他在江西南康任职时，重修了始建于南唐时期的白鹿洞书院，并且亲自讲学，确定了书院的办学规则和宗旨，让白鹿洞书院成了当时四大书院之首。

第四站

天门山 [TIANMENSHAN]

位于今安徽省芜湖市

望天门山

天门中断楚江开，
碧水东流至此回。
两岸青山相对出，
孤帆一片日边来。

注释

❶ 中断：江水从中间隔断两山。

❷ 楚江：长江，当涂县在战国时期属楚国，故流经此地的长江称楚江。

❸ 至此：东流的江水在这转向北流。

❹ 回：回旋，回转。这一段江水由于地势险峻方向有所改变，更加汹涌。

❺ 两岸青山：分别指东梁山和西梁山。

译文

天门山分为东西两半，好像是从中间断开一样，似乎是流经此地的长江把它冲断的。碧绿的江水，浩浩荡荡向东奔流到这里，又回旋着向北流去。

两岸高耸的青山，隔着长江相对而立。江面上只有我乘坐的这一叶孤舟，看着好像从远处太阳升起的地方驶来一样。

天门山小档案

大名： 天门山

地点： 安徽省芜湖市

成员： 东梁山、西梁山

特色： 陡峭的东梁山令一泻千里的长江折转北去

景点： 天门书院、铜佛寺、沙滩等

邻居： 从天门山顺江而下，不远处就是采石矶和乌江镇

天门八景： 天门夜月、博望朝霞、陈桥唤渡、石庵观澜、龙宫霁雪、云阁疏钟、荻州幕雨、柳岸春莺

《望天门山》背后的故事

公元 725 年，李白辞别亲人，离开故乡，开始游历祖国的名山大川。此时的他，意气风发，壮志凌云，乘着小船从四川一路顺流而下，沿途欣赏各地的自然风光，好不快哉！

他经过安徽省当涂县时，站在舟中，远远望去，天门山好像被浩浩荡荡的江水冲开，分成了两半。原本，江水是一直向东流动的。到了此地，因为东梁山和西梁山耸立在岸边的缘故，江水回旋着向北方流去，波涛汹涌，非常壮观。看惯了蜀地的高山风景，李白被奔腾激荡的江水所震撼。

看着两岸的青山离自己越来越近，恰似天门山迎面走来。李白心中的喜悦之情溢于言表，于是，他大笔一挥，写下了这首《望天门山》。高山静止，江水奔流，动静结合，相得益彰。一方面赞美了天门山神奇壮丽的景色，另一方面表达了李白乐观豪迈、自由洒脱的精神风貌。这也恰恰是他刚出蜀地时，内心的真实写照。

天门山的传说

天门山由东梁山和西梁山组成，相传，在很久以前，长江边上只有一座梁山，山脚下住着一位六十多岁的老爷爷。

有一天，老爷爷正在地里帮冬瓜锄草，突然来了一位白胡子老人，他对老爷爷说："梁山的山洞里有很多的金子，只是山门被西瓜堵上了，你拿着地里的这个冬瓜，放在门口的西瓜上，就能打开山门了。"老爷爷笑着将冬瓜摘回了家，准备第二天去试试看。

这些话被一个土财主听见了，他叫了两个仆人把冬瓜偷了出来，来到了梁山的临江处，发现一个石垒上长着一个西瓜。他高兴地将冬瓜放在了西瓜上，山门一下子就打开了。主仆三人一起进到了洞里，发现了很多金光闪闪的动物。财主牵了一头金色的牛，让两个仆人先牵出去，他还准备去牵一匹金色的马。结果，两个仆人出洞的时候不小心绊到了门口的西瓜和冬瓜，西瓜滚进了洞里，洞门立刻关上了。冬瓜滚到了江对岸，变成了现在的东梁山。

诗词大会

扬帆下芜湖，梁山在吾目。大江从西来，天门势如束。

（明 管讷《过芜湖望天门山》）

旅行小贴士

1. 天门书院：始建于公元1246年，同绩溪桂枝书院、颍州西湖书院、歙县紫阳书院齐名。

2. 铜佛寺：依山傍水，风景优美，多年来吸引着全国各地的信徒前来焚香拜佛，每逢佛事，香客如潮。

第五站

扬州 [YANGZHOU]

今江苏省扬州市

静夜思

床前明月光，
疑是地上霜。
举头望明月，
低头思故乡。

注释

❶ 思：思绪。
❷ 疑：好像。
❸ 举头：抬头。

译文

那一片明亮的月光洒在我的床前，远远望去，好像在地上铺了一层霜。

我禁不住抬起头来，遥看窗外那高高挂在空中的一轮明月，又不由得低下头，深深思念远方的家乡。

扬州小档案

大名： 扬州

别称： 广陵、江都、维扬

美称： 中国运河第一城

景点： 瘦西湖、盂城驿、枣林湾、大明寺、个园、何园等

荣誉： 入选第一批国家历史文化名城

地位： 在唐代，是全国经济最繁荣的城市，有着“扬一益二”的说法

李白在扬州

唐朝，扬州是仅次于长安和洛阳的第三大城市，是当时最为繁华的城市之一，吸引了不少文人墨客前去一睹风采。

公元 726 年，李白辞别了金陵，来到了扬州，在这里一住就是大半年。在扬州，他常常和朋友结伴同游，玩累了就将马系在垂柳下，在路边喝酒吟诗。

这天，李白在驿馆和朋友喝酒聊天，一位落魄的书生找上门来，希望李白能够接济他一下。李白的家境不错，为人也豪爽，对待他人也十分大方，见他如此落魄，便送了他一些钱财。后来，又有一些落魄书生相继来找李白寻求帮助，李白也都来者不拒。就这样，在扬州不到一年的时间里，李白为了接济这些落魄的书生，几乎花光了出蜀时携带的所有财物，以致自己生活潦倒，最后病倒在扬州的驿馆里。

这年秋天的晚上，病倒的李白在扬州驿馆看着天上的月亮，涌起了对家乡的思念之情，随手写下了这首脍炙人口的《静夜思》。

扬州的传说

琼花是扬州的市花，在扬州也一直流传着与琼花有关的传说。相传，琼花是一种洁身自好、不肯屈从权贵恩宠的神花，也被称为烈女花。琼花花大如盘，洁白如玉，又是扬州独有的名贵花种，连隋炀帝都想一睹它的风采。后来，隋炀帝借着修凿大运河之机，从不远千里的长安乘坐龙船来到扬州，想要看看传说中的琼花。可是，隋炀帝因为修建大运河，动用了大量的人力和物力，百姓们怨声载道。在隋炀帝的龙船抵达扬州之前，琼花被一阵冰雹摧毁了。它宁愿选择凋零，也不愿在隋炀帝面前展露花容。

接着各地先后爆发了农民起义，隋朝政权崩溃，隋炀帝死于扬州，所以扬州也一直流传着“花死隋官灭，看花真无谓”的说法。

诗词大会

天下三分明月夜，二分无赖是扬州。

（唐 徐凝《忆扬州》）

春风十里扬州路，卷上珠帘总不如。

（唐 杜牧《赠别二首·其一》）

扬州的文化名人

1. 白居易，唐代著名诗人。白居易晚年与好友刘禹锡同游扬州，玩了半个月之后，刘禹锡写了一首《同乐天登栖灵寺塔》留作纪念，白居易也回赠一首《与梦得同登栖灵寺塔》。

2. 杜牧，晚唐诗人。公元833年，杜牧来到扬州，在淮南节度使牛僧孺的幕中做推官和掌书记，结识了好友韩绰。离开扬州时，杜牧写下《寄扬州韩绰判官》表示对扬州生活的怀念和对好友的想念。

第六站

白兆山 [BAIZHAOSHAN]

位于今湖北省安陆市

山中问答

问余何意栖碧山，

笑而不答心自闲。

桃花流水窅然去，

别有天地非人间。

注释

1. 栖：居住，隐居。
2. 碧山：又名“白兆山”，在湖北省安陆市内，山下桃花洞是李白读书的地方。
3. 自闲：悠闲自得。
4. 窅（yǎo）然：幽深遥远的样子。

译文

有人疑惑不解地问我，为什么要隐居在这碧山里呢？我只是笑笑，并不回答他的问题，心里却自在悠闲。

附近的桃花开了，香气沁人心脾，飘落的桃花随着流水悠然远去。这里别有一番天地，宛如人间仙境，岂是俗世人间可以比得了的。

白兆山小档案

大名：白兆山

别称：碧山

地点：湖北省安陆市

海拔：380 米

景点：白兆寺、桃花岩、李白读书台、洗笔池等

崇拜者：李白、杜牧、韩愈等

李白矛盾的求仕之心

东晋诗人陶渊明曾经写过一篇文章《桃花源记》，在文章里，他描绘了一个与外界完全隔绝的世外桃源。那里的人过着安居乐业的生活，没有烦恼，没有忧愁。此后，桃花源便借指与世隔绝的美好世界。

在这首诗中，李白借用“桃花流水窅然去”这一句来表达自己对世外桃源的向往，以及自己不问世事的隐居心态，可是他的内心始终希望能够出仕报国。

公元 727 年，在扬州散尽万金的李白穷困潦倒，随后接到朋友的邀请来到了安陆，与门庭显赫的许家结交。第二年他就入赘到许家，与前宰相许圉芝的孙女结为夫妇，从此他便在安陆定居下来，这一住就是 10 年。在安陆定居期间，他曾多次拜访地方长官裴长史，并且写下《上安州裴长史书》一文，希望能得到举荐，可是最终因为性格过于张扬而被拒绝。随后他便隐居白兆山，写下这首《山中问答》。

李白与白兆山的传说

在白兆山的西麓有一汪清泉，泉水常年往外涌。早晨的时候，会看见白色的云雾环绕在泉水的上方，因此这汪清泉被称为白云泉。关于白云泉的来历，还有一个美丽的传说：

相传，这泉水是九天之上银河里的水，王母娘娘不愿让凡人饮用这仙水，便用石头压住了泉眼。李白不仅擅长诗文，剑术还很高超。在白兆山隐居时，他每天都要到白兆山的山顶练剑。一天，李白上山练剑时，突然下起瓢泼大雨，李白只好急忙下山赶回家。走到半山腰时，李白不小心绊到了一块石头，慌忙中，他将手中的剑插进了一块岩石里，将岩石戳出了一个洞。等站稳后，李白用力将剑从岩石中拔了出来，谁知竟有水从洞中慢慢流出来。紧接着，一股清泉从地下流了出来。后来，白兆山下的农家就用这股流入山下的泉水作饮用水。据说喝了这泉水，人的身体格外健壮。

诗词大会

白兆桃花岩，翰林栖此邱。

（宋 范雍《桃花岩》）

惟有桃花岩上月，曾闻李白读书声。

（宋 李通儒《桃花岩》）

旅行小贴士

1. 桃花岩：也称桃花洞，洞口便是桃花沟。这里良木繁荫，又有清泉潺潺，是当年李白主要的休息场所。

2. 洗笔池：位于白兆寺的东南方向，池底有泉眼。传说李白在池中涮笔，当地人认为此泉能使人聪颖慧敏，常挑泉水让学童饮用，以助诗文长进。

3. 斗笠岩：在白兆山太白峰西麓有一块斗笠岩，历代的文人墨客都喜欢在此题刻，来赞美这里的风光或者表达对李白的敬仰之情。很多的题刻都已经被毁掉了，保存较完整的只有三处。

第七站

黄鹤楼 [HUANGHELOU]

▶位于今湖北省武汉市

黄鹤楼送孟浩然之广陵

故人西辞黄鹤楼，
烟花三月下扬州。
孤帆远影碧空尽，
唯见长江天际流。

注释

❶ 故人：老朋友，这里指孟浩然。

❷ 广陵：扬州。

❸ 烟花：形容柳絮如烟、鲜花似锦的春天景物。

❹ 碧空尽：消失在碧蓝的天际。

❺ 尽：尽头。

❻ 天际流：流向天边。

译文

友人在黄鹤楼与我辞别，在这阳光明媚、繁花似锦的三月，他即将启程去扬州。

我眼看着他乘坐的小船顺流而下，渐渐消失在碧蓝的天际之中。抬眼再望，已经不见了帆船的踪影，只看见滚滚长江向天边奔流而去。

黄鹤楼小档案

大名： 黄鹤楼

地点： 湖北省武汉市

楼高： 楼高5层，总高度51.4米

美称： 天下江山第一楼、天下绝景

荣誉： 被列入第三批国家级非物质文化遗产名录

景点： 白云阁、象宝塔、碑廊、山门等

崇拜者： 崔颢、李白、王维、陆游等

小伙伴： 黄鹤楼与滕王阁、岳阳楼被称为江南三大名楼

李白三登黄鹤楼

青年时期的李白离开故乡，足迹遍布全国各地。他第一次登上黄鹤楼时，被眼前壮观的景色所陶醉，一时诗兴大发，准备写一首诗赞美一下这美景。忽然，他抬头看见了崔颢所写的《黄鹤楼》，顿时被诗中虚实结合的意境和气势恢宏的画面所震撼。深感自己无法写出比这更好的“黄鹤楼”，李白便搁下了笔，放弃了作诗的念头，并发出“眼前有景道不得，崔颢题诗在上头”的感慨。此后，这个故事被后人传颂，人们便在黄鹤楼旁边修建了一座“搁笔亭”，用来纪念李白搁笔一事。

李白第二次登上黄鹤楼，是为了送别好朋友孟浩然。公元730年3月，李白得知孟浩然要去广陵，便托人捎信，约孟浩然在江夏（今湖北省武汉市武昌区）相会。几天以后，孟浩然乘着小船顺流东下，李白如约来和他道别。看到眼前繁花似锦、一派生机勃勃的景象，想到老朋友要去繁华的扬州，李白心情欢畅，挥笔而就，写下了这首《黄鹤楼送孟浩然之广陵》。

李白晚年的时候，登上黄鹤楼，写了一首《望鹦鹉洲怀祢衡》，感慨自己的仕途之路和祢衡一样不顺畅。这是他最后一次登黄鹤楼。

黄鹤楼的传说

传说，很久以前有一位辛先生，以卖酒为生。有一天，辛先生的酒铺来了一位衣着褴褛的客人，他问辛先生：“可以给我一杯酒喝吗？”辛先生热情地给他倒上一大杯酒。这位客人在辛先生这里喝了大半年的酒，每次都是赊账，辛先生却并没有怠慢过他。

这天，这位客人又来到辛先生的酒铺，说：“我欠了不少酒钱，就用这个抵债吧。”说完，他在墙上画了一只黄色的鹤，接着他拍了拍手，墙上的那只黄鹤竟然随着歌声跳起舞来。这只跳舞的黄鹤吸引了不少人前来观看，辛先生的酒铺也因此生意兴隆。

几年之后，这位客人又来到了辛先生的店里。辛先生上前说道：“真是多谢您，这只黄鹤替我招揽了不少客人啊。”那位客人笑了笑，然后取出笛子吹了首曲子，墙上的黄鹤竟然展开翅膀飞到了那位客人的面前，那位客人便乘着黄鹤飞上天去了。辛先生为了感谢及纪念这位客人，便在此盖了一栋楼，取名“黄鹤楼”。

黄鹤楼的由来

黄鹤楼最早建于三国时期。孙权为了争夺荆州，将东吴政治中心从建业（今南京）迁至鄂县（鄂州市），并更名“武昌”（现在的武昌之名是与鄂州互换来的），意思是“以武治国而昌”。

公元223年，已经夺取荆州的孙权，为了巩固自己在长江中下游的控制权，在依山傍水、地势险要的黄鹄山（今蛇山）修建了夏口城，并修筑了具有瞭望功能的军事楼——黄鹤楼，这是历史上最早的黄鹤楼。后来，司马炎建立晋朝，黄鹤楼失去了其军事作用，成为人们游玩的场所。到了唐朝，黄鹤楼成为观赏楼，历代文人墨客到此游览，留下不少脍炙人口的诗篇。

第八站

洛阳 [LUOYANG]

今河南省洛阳市

春夜洛城闻笛

谁家玉笛暗飞声，
散入春风满洛城。
此夜曲中闻折柳，
何人不起故园情。

注释

1. 洛城：今河南洛阳。
2. 暗飞声：声音不知从何处传来。
3. 满：此处作动词用，传遍。
4. 闻：听。
5. 折柳：即《折杨柳》，此曲表达送别时的哀怨感情。

译文

阵阵悠扬的笛声，是从谁家精美的笛子里幽幽传出来的？这声音随着春风四散飘扬，传遍了洛阳全城。

今夜的曲调声中，有哀婉幽怨的《折杨柳》。听到这样的曲调，哪个人不会因此而产生思乡之情呢？

洛阳小档案

大名： 洛阳

古称： 神都、洛京

美称： 十三朝古都

特色： 洛阳牡丹甲天下

荣誉： 中国四大古都之一、世界文化名城

景点： 龙门石窟、白马寺、白云山、老君山、鸡冠洞等

李白的洛阳之旅

李白虽然喜欢游历祖国的名山大川，但是他的心中一直怀有青云之志，希望自己能像古代的贤臣管仲和晏婴那样，成为国家的重臣，辅佐君王，治理天下。等到功成名就之后，又像范蠡和张良那样游五湖、戏沧海。

洛阳在唐朝时被称为东都，是知识分子心中向往的圣地。公元 735 年，李白也来到了洛阳，希望能在这里寻求一个做官的机会。因此，他广交人脉，结识了崔宗之和元演等人。崔宗之是吏部尚书崔日用的儿子，曾经担任过礼部员外郎，与李白一见如故。他热情邀请李白到自己的别苑隐居，可是生性喜爱自由的李白委婉地拒绝了崔宗之的邀请，而是住到了文人聚集的客栈中。有一天晚上，李白正在客栈的院中饮酒，忽然听到远处传来悠扬的笛声，不禁思念家乡，写下了这首《春夜洛城闻笛》。

牡丹的传说

洛阳的市花是牡丹，每年的初夏时节，洛阳城中的各处园林开满牡丹花，将洛阳市装点得分外迷人，在洛阳也一直流传着一则关于牡丹的传说：

相传，女皇武则天喜欢游玩赏花。有一年冬天，武则天心血来潮，想去皇家花园游玩，可是花园里只有光秃秃的树枝，她便写下一道诏令：“明朝游上苑，火速报春知。花须连夜发，莫待晓风吹。”写完后，她让近侍官员拿到花园的神坛处宣读。花神听到武则天的诏令之后，只好下令让百花连夜开放。

第二天，武则天到花园一看，见到了百花在严寒中开放的情景，十分高兴。突然，她发现牡丹园中仍是一片光溜溜的枝干，一朵花也没开。原来，牡丹仙子听到诏令后，觉得武则天太过霸道，便抗旨不遵。武则天勃然大怒，命人将牡丹移出皇家园林，贬到洛阳，还用火将牡丹的枝干烤焦了。但是，这些被烤焦的牡丹并没有死掉，反而在来年开得更加艳丽，洛阳的老百姓把这些牡丹称为“焦牡丹”，家家户户都种植牡丹，各处园林都少不了牡丹。从此，洛阳牡丹冠绝天下，并成了洛阳的市花。

旅行小贴士

1. 龙门石窟：中国石刻艺术宝库之一，来到洛阳一定要去看看中国古代人们智慧与劳动的成果。龙门石窟始开凿于北魏孝文帝迁都洛阳前后，又历经东西魏、北齐、北周，到隋唐至宋等朝代的不断扩展与完善。石窟中的石像规模宏大，技艺精湛，是中国石刻艺术的典范之作。

2. 白马寺：被誉为中国第一古刹，距今已有 1900 多年的历史。它是佛教传入中国后由官方修建的第一座佛教寺庙，成为洛阳的代表性建筑之一。

第九站

太原 [TAIYUAN]

今山西省太原市

太原早秋

岁落众芳歇，时当大火流。
霜威出塞早，云色渡河秋。
梦绕边城月，心飞故国楼。
思归若汾水，无日不悠悠。

注释

1. 岁落：光阴逝去。
2. 众芳歇：花草已凋零。
3. 时当大火流：即当夏历七月之后。大火，星宿的名称。
4. 塞：关塞，指长城。
5. 云色渡河秋：云彩飘过黄河，也呈现秋色。
6. 故国：家乡。

译文

随着时光的流逝，花儿都凋谢了。当大火星向西移动时，天气也渐渐转凉了。
这时节，塞外已经早早地起了秋霜，黄河以北的地方，也呈现出了一派秋天的景象。
看到这边城的月亮，我夜夜梦想着回到故乡的城楼上。
对家乡的思念，如同这长长的汾水一样没有尽头，没有一天心里不充满相思的愁绪。

太原小档案

大名： 太原

别称： 并（bīng）州

古称： 晋阳

美誉： 锦绣太原城

荣誉： 国家历史文化名城

太原八景： 烈石寒泉、汾河晚渡、双塔凌霄、巽水烟波、崛围红叶、土堂神柏、天门积雪、蒙山晓月

景点： 晋祠、天龙山石窟、永祚寺、崇善寺、窦大夫祠、蒙山大佛等

李白在太原

公元735年，谯郡（今河南亳州）参军元演的父亲任太原府尹，身在洛阳的元演想去太原看望自己的父亲，便邀请李白同行去太原。游历了江南美景之后的李白，也想看看北国风光，便在这年的暮春时节与元演从东都洛阳启程，穿过太行山弯曲狭窄的羊肠坂道，来到了北都太原。

元演的父亲喜好诗文，因此热情接待了李白，还将李白介绍给太原各地的官员。满心欢喜的李白本以为在这里可以寻得自己的前程，踏入仕途，便日日与元演一起游山玩水、拜访亲友和达官贵人。

转眼间，半年过去了，辗转三晋的李白还是没有寻到实现自己抱负的机会。太原的秋天也早早到来，当大火星流向西边的时候，这里便西风乍起，花叶飘零，草木晨霜，秋云舒卷。失意落寞的李白不禁思念起远在安陆的家人，在冷月高挂的不眠之夜，听着汾河澎湃的涛声，他写下了这首《太原早秋》，接着便婉拒了元演的挽留，离开了太原。

太原的历史故事

在太原市西南郊 25 公里处的悬瓮山脚下，有一片古建园林，名为“晋祠”，它是中国现存最早的皇家园林。关于它的建立还有一则故事呢。

相传，周朝时期，周武王姬发去世后，他的儿子姬诵继承了王位，史称周成王。成王因为年纪太小，他的叔叔周公帮助他处理政务。

在一个风和日丽的日子，周成王和弟弟叔虞在花园里玩耍，成王顺手从地上捡起了一片梧桐叶，用手撕撕扯扯，成了玉圭的形状。玉圭是古代帝王举行礼仪时使用的玉器，代表着天子的威严。成王把玉圭形的梧桐叶递给叔虞，说：“这个玉圭给你吧，我封你做唐国（今山西境内）的诸侯。”史官们听后，把这件事件告诉了周公。周公见到姬诵，问道：“你要将叔虞封为诸侯吗？”姬诵说：“那是我跟弟弟说着玩的。”周公却认真地说：“天子无戏言啊！”

后来，姬诵只得把叔虞正式封为唐国的诸侯。叔虞将都城定在了今天的太原境内，而后励精图治，使唐国百姓逐渐过上了安居乐业的生活。叔虞去世后，他的儿子燮（xiè）继位，因为国境内有晋水，他便将国号改为“晋”。人们便在晋水的源头修建了一座祠堂，来纪念叔虞的功绩。这座祠堂取名为唐叔虞祠，后来改为“晋祠”，一直沿用至今。

旅行小贴士

1. 永祚寺：太原的地标之一，寺内的双塔也是太原现存古建筑中最高的建筑。两座塔像一双孪生姊妹，直插云霄，被称作双塔凌霄，是太原八景之一。双塔凌霄还有一个别称——文笔双峰，明代江南七大文人之一的李维帧、明末艺术家傅山都曾留下关于双塔的诗画作品。

2. 崛围山：在太原市区西北 24 公里处有一座崛围山，山势陡峻，松柏遍野，春日山花竞放，秋天红叶满山。秋日满山的“崛围红叶”也是太原八景之一。山顶建有多福寺，寺中有一座七级舍利塔，寺内有寺观壁画。

第十站

兰陵 [LANLING]

位于今山东省临沂市

客中行

兰陵美酒郁金香，

玉碗盛来琥珀光。

但使主人能醉客，

不知何处是他乡。

注释

1 客中：旅居他乡。

2 兰陵：今山东省临沂市兰陵县。

3 郁金香：散发郁金的香气。郁金，一种香草，用以浸酒，浸酒后呈金黄色。

4 玉碗：玉制的食具，亦泛指精美的碗。

5 琥珀：这里形容美酒色泽如琥珀。

6 醉客：让客人喝醉酒。醉，使动用法。

译文

兰陵这个地方盛产的美酒甘醇芬芳，就像郁金香草一样香气四溢。酒盛在精美的碗里，色泽晶莹，像琥珀一样熠熠生辉。

主人拿出这样的美酒来招待我，让我这个客居此地的异乡人醉倒在他乡。最后，我都分不清哪里才是家乡了。

酒

兰陵小档案

大名： 兰陵县

曾称： 苍山县

地点： 山东省临沂市

美誉： 天下第一酒都

特产： 兰陵美酒

文化名人： 荀子、匡衡、左丘明、高长恭

景点： 大宗山朗公寺、文峰山

李白与兰陵酒

李白游历山东，途经兰陵县的时候，便迈不动脚步了。兰陵县是出了名的酒乡，这里盛产美酒，尤其以黍米酿的酒最为有名。相传，这兰陵酒清香飘远，就算喝醉了也不会感到头痛和口渴。

号称“酒仙”的李白自然不会错过这样的美酒。他来到一家酒铺，叫了两壶甘醇芬芳的兰陵美酒。琥珀色的酒，在玉碗的映衬下，晶莹剔透，好看极了。李白一碗接一碗地喝了起来，最后醉倒在酒铺。借着醉意，李白写下这首让兰陵美酒名声大噪的《客中行》。此后，李白继续在山东游历，与张叔明、孔巢父、韩准、裴政、陶沔等人四处游玩，高歌纵酒。虽然李白身在异乡，可是在美酒的陪伴下，丝毫感觉不到思念家乡的离愁别绪。

仓颉造字的传说

兰陵历史悠久，仓颉造字的传说最早由曾在兰陵为官的荀子记载于《荀子·解蔽》中。

在兰陵，一直流传着仓颉造字的传说。相传上古时期，仓颉一直随着黄帝南征北战，来到兰陵一带，被这里山清水秀的风景吸引住了，便辞别了皇帝在此定居下来。

后来，黄帝统一了华夏，觉得用结绳记事的方法满足不了记录先进的农耕技术和先进生产工具的制造方法了，便让仓颉想办法。接到指令的仓颉，想了好几天都没有想到合适的办法。一天，仓颉外出散步，看到石楼山的洞穴中有很多花纹图案，他受到启发，想到了一个新的记录办法——造字。他根据日月星辰、山河湖海、飞禽走兽的形状，画出它们的样子，造出了许多象形字。造完字的当天夜里，天空电闪雷鸣，大雨如注，地上山河摇动，鬼怪哭泣，天亮一看，哪有什么雨水，地上到处是厚厚的一层谷子。原来是上天看仓颉造字有功，便天降谷物来奖励他，因此，仓颉也寓意粮食丰满。

旅行小贴士

1. 荀子墓：又称兰陵古墓，位于山东省临沂市兰陵县兰陵镇东南1.5公里处，是古代圣人荀子的墓地。荀子是战国末期著名的思想家、教育家和文学家，曾两度出任兰陵令，辞官后在兰陵隐居，著书立说，教授学生。他死后葬于兰陵，其陵墓已经成为兰陵的一处文化地标。

2. 文峰山：原名神峰山，位于山东省临沂市兰陵县城西部，有“鲁南小泰山”之称。鲁国执政大臣季文子将兰陵设为次室邑，他在此执政期间，清正廉洁，勤政为民，去世后葬于文峰山，后人为纪念他，把“神峰山”改为“文峰山”。

第十一站

太白山 [TAIBAISHAN]

位于今陕西省宝鸡市

登太白峰

西上太白峰，夕阳穷登攀。
太白与我语，为我开天关。
愿乘泠风去，直出浮云间。
举手可近月，前行若无山。
一别武功去，何时复更还？

注释

① 太白峰：即太白山，在今陕西眉县、太白县、周至县交界处。山峰极高，常年有积雪。

② 太白：太白星，即金星。这里喻指仙人。

③ 泠（líng）风：和风。

④ 武功：武功山，位于今陕西省武功县内，与太白山相连。

译文

我攀爬位于西边的太白峰，爬了一整天，直到日落时分才登上了山顶。

太白仙人也问候我，还要为我打开天宫的大门。

我愿乘着清风而去，翱翔于浮云之间。

一抬手，我就可以接近月亮，肆意飞行，前方似乎已经没有可以阻挡我的山峦。

离开武功山远去之后，什么时候才能再回来呢？

太白山小档案

大名： 太白山
别名： 太乙山
地点： 陕西省宝鸡市
海拔： 青藏高原以东第一高峰，主峰拔仙台海拔 3771.2 米
景观： 太白积雪六月天
特色： 神秘、富饶、奇特
景点： 鱼洞仙音、太白药王庙等

李白的失落

公元 742 年，在贺知章的大力推荐下，李白终于获得了唐玄宗的赏识，被召入京城长安。接到诏书的李白，踌躇满志，写下“仰天大笑出门去，我辈岂是蓬蒿人”这样的诗句来表达自己激动不已的心情。

来到长安后，李白被奉为翰林待诏。他本以为通过这次机会可以实现心中的抱负，可是唐玄宗并没有重用李白，只是让他为皇家写诗文，做一些粉饰太平的工作。时间一长，李白便心生倦怠，连皇帝的话也不怎么听了，加上他的性格豪放，又恃才傲物，得罪了不少当朝权贵，在朝廷中十分郁闷。心情忧愤的李白，来到了距离长安不远的太白山。太白山山势险峻，李白还是历尽艰险爬了上去。登高远眺，诗人浮想联翩，写下了这首《登太白峰》。在诗中，李白用奇特的想象表达自己超脱现实，追求自由的心愿。

太白山下的传说

在太白山北边的山脚下，有一座环境清雅的小镇，叫鹦鸽镇。在这里流传着一则关于鹦鸽镇来历的传说。

古时候，太白山下经常遭遇水灾，附近的村庄里住着一个名叫英哥的山民，靠河边几亩地养家糊口。每年夏秋之际，五谷成熟时，粮食都被洪水冲走，英哥便和妻子商量治理河水。有一天，英哥正在河里垒石坝，忽然阴云密布，雷声大作。不一会儿，就下起了倾盆大雨，河水猛涨，英哥来不及上岸，就被河水冲走了。英哥的妻子十分伤心，没多久也悲痛身亡了。这时，太白山山麓飞来一只白顶红花羽毛的鸟，不停地发出“英……哥……”的叫声，好像在为英哥感到难过。人们为了纪念这位治河英雄，将此地叫作“英哥嘴”。

唐朝时，有一位秀才进京赶考，路过这里，听说了英哥的故事，就将此地改为“鹦鸽”，将英哥还有为他啼哭的鸟都包含进去，“鹦鸽”这个名称也一直用到现在。

旅行小贴士

1. 太白药王庙：孙思邈是唐代著名医药学家，被称为“药王”。他曾三次隐居于太白山，精心研习医药，为民治病。为了纪念孙思邈，人们在太白山上修建了这座药王庙，来供奉他。

2. 平安寺：位于太白山海拔2790米高处，在那里可以观赏太白山的积雪。最为吸引人的是，在那里可以体会到平安云海的怡然自得。平安云海也是太白山的奇景之一，是不可错过的绝佳景观。

3. 凤泉神泽：在太白山下有一处温泉，名为汤峪温泉。春秋时期，周文王就在这里建有汤池，古称“凤泉神泽”。这温泉水是来自地表2000米以下的优质深层岩矿泉，水中富含多种有益于人体健康的微量元素和矿物质。

第十二站

凤凰台 [FENGHUANGTAI]

位于今江苏省南京市

登金陵凤凰台

凤凰台上凤凰游，凤去台空江自流。
吴宫花草埋幽径，晋代衣冠成古丘。
三山半落青天外，二水中分白鹭洲。
总为浮云能蔽日，长安不见使人愁。

注释

1. 衣冠：借指名门望族。
2. 二水：秦淮河流经南京后，汇入长江，被横截其间的白鹭洲分为两支。
3. 浮云蔽日：比喻奸臣当道，障蔽贤良。浮云，比喻奸邪小人。日，一语双关，古代把太阳看作是帝王的象征。
4. 长安：这里用京城指代朝廷和皇帝。

译文

金陵的凤凰台历史悠久，曾经有凤凰来此聚集游玩。现在，凤凰已经离去，凤凰台空空如也，只有江水依旧向东流去。

昔日繁华的东吴宫殿，现在已经荒芜，附近的鲜花和芳草埋藏着荒凉的小路。多少晋代的名门望族，到最后都成为了古墓荒丘。

远处的三山在云雾中若隐若现，好像有一半消失在青天之外。长江之水被白鹭洲分为两条河流。

自古以来，总有奸臣当道，好像浮云遮蔽了太阳。望不见长安的我，报国无门，心中愁闷不已。

凤凰台小档案

大名：凤凰台

地点：江苏省南京市

周边景点：雨花台、古瓦官寺、胡家花园、玄武湖公园等

历史名人：李白、杜甫、苏轼、杨万里

传说中的邻居：杜牧诗中的“杏花村”

李白与崔颢的“较量”

李白年轻的时候，曾登过黄鹤楼，想要题诗一首，却因崔颢的《黄鹤楼》而搁笔。虽然李白嘴上说着“眼前有景道不得”，但是心里一直不服气，总想找机会写一首诗，与崔颢的《黄鹤楼》一较高下。

有一次，李白游历江夏（今湖北武汉），站在鹦鹉洲头时，想起自己曾经在不远处的黄鹤楼搁笔一事，又起了诗兴，作了一首七律《鹦鹉洲》：“鹦鹉来过吴江水，江上洲传鹦鹉名。鹦鹉西飞陇山去，芳洲之树何青青。烟开兰叶香风暖，岸夹桃花锦浪生。迁客此时徒极目，长洲孤月向谁明？”可是人们并不看好这首诗，这一回合的“较量”，李白还是没有赢。

后来历经坎坷的李白，在晚年时回到金陵，登上凤凰台时，面对眼前景色，感慨万千，写下了这首《登金陵凤凰台》。整首诗的句式韵律像极了《黄鹤楼》，一直被后人拿来比较。这两首诗不论是立意还是格调，都是难得一见的佳作，在历史上被广为传颂。

诗词大会

亭亭凤凰台，北对西康州。西伯今寂寞，凤声亦悠悠。

（唐 杜甫《凤凰台》）

诗中的历史典故

东晋的晋明帝司马绍，幼年时非常机灵，深受父亲晋元帝的喜爱。有一天，晋元帝闲坐的时候，将司马绍抱在身上，陪他玩耍。这时，有个从长安来的人突然到访，他听说司马绍非常聪明，就想考考他。于是他问司马绍：“你说太阳与长安哪个远？”司马绍回答：“长安近，因为我从没有听说过有人从太阳那边过来的。”听完答案，大家都笑了，觉得司马绍反应敏捷。

第二天，群臣宴会时，又有人问司马绍这个问题，这次他回答：“太阳近。”晋元帝奇怪地问他：“你怎么和昨天说的不同呢？”司马绍回答：“因为我抬头就望见日，却望不见长安。”这就是“举目见日，不见长安”的典故，李白在诗的最后一句用这个典故，表达了自己想要建功立业而不得的悲伤情绪。

凤凰台的传说

相传，在南朝刘宋时期，有三只凤凰飞到南京永昌里的李树上，它们的羽毛颜色艳丽，声音婉转动听，招来各种各样的鸟在此聚集飞舞。被招来的鸟，围着凤凰飞舞鸣叫，呈现出百鸟朝凤的盛世景象，让人们大为惊喜，认为这是吉祥之兆。这件事情一传十，十传百，传到地方官的耳朵里。为了庆贺和纪念这件事情，当地官员将百鸟聚集飞翔的永昌里改名为凤凰里，并且在保宁寺后面的一座小山上修筑了一个台子，取名凤凰台。

第十三站

怀化 [HUAIHUA]

今湖南省怀化市

闻王昌龄左迁龙标遥有此寄

杨花落尽子规啼，
闻道龙标过五溪。
我寄愁心与明月，
随风直到夜郎西。

注释

1. 左迁：贬官，降职。
2. 龙标：古地名，唐朝置县，属巫洲，治所在今湖南怀化。
3. 子规：杜鹃鸟，又称布谷鸟，相传其啼声哀婉凄切。
4. 五溪：沅水中上游的五大支流。
5. 随风：一作“随君”。
6. 夜郎：唐代在今贵州桐梓和湖南沅陵等地设过夜郎县。这里指湖南的夜郎，李白当时在东南，所以说“随风直到夜郎西”。

译文

在柳絮落尽、子规啼叫的暮春时节，我听说您被贬为龙标尉，龙标地处偏远，去那里要经过五溪，这一路上定是穷山恶水。

听到这个消息的我，忧心不已，只有将自己忧愁的心思寄托给明月，希望它能随着风，一直陪伴您到夜郎以西。

怀化小档案

大名：怀化

别称：鹤城

古称：鹤州、五溪

景点：黔阳古城、万佛山、沅陵凤凰山、洪江古商城

地位：湖南“西大门”

特产：芷江鸭、沅陵酥糖、安江香柚、明山石雕

李白对王昌龄的感同身受

王昌龄因为不拘小节和特立独行的性格与行事作风，遭到朝中同僚的谤议非难，并且还因此获罪，被贬到偏远荒蛮的龙标。

身在金陵的李白，听到王昌龄被贬的消息之后，写下这首《闻王昌龄左迁龙标遥有此寄》，快马加鞭地为王昌龄送去祝福。

当时，正值暮春时节，柳絮飘零，杜鹃悲啼，王昌龄在贬官路上的所见所闻，李白都能想象得到。而王昌龄去国怀乡，忧谗畏讥的悲伤心情，李白更是能够感同身受。在不久之前，同样心怀报国之志的李白因为他人的嫉妒与谗言，被唐玄宗“赐金放还”。政治生涯就此止步的李白心情非常郁闷，所以得知王昌龄的遭遇，李白恨不能赶到王昌龄的面前，表达自己惺惺相惜之情。

二酉山的故事

王昌龄去贬所的这一路上要经过五溪，其中一溪指的就是酉溪。在酉溪边上，有一座二酉山，现在位于怀化市境内。相传上古时黄帝曾于此山藏书。周朝时，周穆王又在此山中收藏异书。秦始皇执政时，下令焚书坑儒，博士官伏胜不忍心看着这些书都被烧掉，便偷偷运了五车禁书，辗转跋涉，将书藏于二酉山半山坡的石洞中，这才使得先秦文化典籍得以流传后世。后来，秦朝灭亡，这些书就被人献给了汉高祖刘邦，刘邦非常高兴，将藏书洞封为文化胜洞，二酉山也被尊为文化名山。

从此之后，二酉山被历代文人墨客视为天下名山而敬仰崇拜。

诗词大会

沅溪夏晚足凉风，春酒相携就竹丛。

（唐　王昌龄《龙标野宴》）

青山一道同云雨，明月何曾是两乡。

（唐　王昌龄《送柴侍御》）

旅行小贴士

1. 黔阳古城：怀化是一座历史悠久的小城，这里有着风格多样的古城，其中最有名的要数黔阳古城了。古城三面环水，是湘楚苗地边陲重镇，西汉高祖五年（公元前 202 年）在沅江和㵲水汇合处设立县治。

2. 芙蓉楼：坐落于沅、㵲水汇流之处的湖南省洪江市黔城镇，有“楚南上游第一胜迹”之誉，是历代文人墨客吟诗作画之处，也是唐代著名诗人王昌龄宴宾送客之地。

第十四站

宣城 [XUANCHENG]

今安徽省宣城市

秋登宣城谢朓北楼

江城如画里，山晚望晴空。

两水夹明镜，双桥落彩虹。

人烟寒橘柚，秋色老梧桐。

谁念北楼上，临风怀谢公。

注释

1 宣城：唐朝时期的宣州，今安徽宣城。

2 谢朓北楼：谢朓楼，又名谢公楼，为南朝齐诗人谢朓任宣城太守时所建。

3 江城：泛指水边的城，这里指宣城。

4 两水：宛溪、句溪。

5 双桥：横跨溪水的上、下两桥。上桥即凤凰桥，下桥即济川桥。

6 彩虹：水中的桥影。

译文

江边的宣城，景色绮丽，好像在画中一样美丽。山色渐晚，我登上谢朓楼远望晴空。

宛溪和句溪之间，水面宛如一面明亮的镜子，环抱着宣城。凤凰与济川两座桥倒映水中，如同天上落入人间的彩虹。

附近的村落炊烟袅袅，橘林和柚林掩映其中，让人感到寒意阵阵。秋色苍茫，梧桐树也渐渐枯老。

还有谁会像我一样来到这谢朓楼，迎着萧瑟的秋风，怀念谢朓先生呢？

宣城小档案

大名： 宣城

古称： 宛陵、宣州

荣誉： 国家历史文化名城、文房四宝之乡、江南鱼米之乡

景点： 敬亭山、江村古建筑群、谢朓楼、鳄鱼湖、龙川、太极洞

历史名人： 谢朓、沈括、文天祥、胡雪岩

李白的“追星”之路

谢朓是南朝著名诗人，他的文风清雅飘逸，文学成就很高。几百年后，生活在唐朝的李白更是将谢朓视为“偶像”，留下 16 首关于谢朓的诗歌，来表达自己对他的深切怀念。

公元 753 年，李白怀着对谢朓的崇敬来到了宣城。这时，恰逢深秋时节，空气中弥漫着淡淡的寒意，李白一个人登上了谢朓楼，极目远眺，周围满是秋天的萧瑟之感。

李白又怀念起了 200 多年前跟他一样站在这里的谢朓，那时的谢朓因为被皇帝疏远，而被发配到远离京城的宣州担任太守，心中充满了失落。200 多年后，奔走半生的李白同样没能寻求到实现自己抱负的机会，还被皇帝嫌弃，远离了朝堂。李白感到自己与谢朓有着相同的际遇，便写下这首《秋登宣城谢朓北楼》以示怀念。

宣城的传说

宣城是中国有名的文化名城，提到这里，人们除了想到文房四宝之外，也对盛产的“宣石”念念不忘。宣石又被称为“宣城石”，颜色润白如玉，是制作园林山景或者山水盆栽的必备品。宣石中，最具有代表性的就是宣州雪石，关于这雪石的来历，还有一则美丽的传说：

相传，远古时候，宣城是一大片海洋。有一天，南极仙翁路过这里，发现这里景色秀美，适合修建城池，便将冰山移来填海。这片海刚刚被填平，玉皇大帝的女儿雪公主就跑到冰山游玩，发现这里白茫茫一片，毫无生机，命令土地公公搬来泥土，覆盖在冰山之上，好种植一些植物。后来，泥土里面的冰块渐渐变成了白色的石头，被称作“雪石”。

诗词大会

千里云山何处好，几人襟韵一生休。

（唐 杜牧《自宣城赴官上京》）

人生在世不称意，明朝散发弄扁舟。

（唐 李白《宣州谢朓楼饯别校书叔云》）

旅行小贴士

1. 谢朓楼：位于宣城市区中心，是一座文化名楼。南北朝时期，南齐诗人谢朓任宣州太守时修建了这座楼。李白非常喜欢谢朓的诗文，只要有机会就会登上谢朓楼，表达自己对谢朓的敬仰之情。

2. 查济古村落：位于安徽省宣城市泾县，现在存有古代建筑 140 多处，既有元代建造的“德公厅屋”，又有明代的“涌清堂”“进士门”。这些古建筑保存较为完好，为我们展示了元明时期的建筑风貌。

第十五站

敬亭山 [JINGTINGSHAN]

位于今安徽省宣城市

独坐敬亭山

众鸟高飞尽，

孤云独去闲。

相看两不厌，

只有敬亭山。

注释

❶ 闲：形容云彩飘来飘去，悠闲自在的样子。

❷ 两：诗人和敬亭山。

❸ 厌：满足。

译文

抬头仰望，群鸟在天空高高地飞着，转眼间便无影无踪。长空万里，只有几朵云悠闲自在地飘向远方。

这里只剩我和敬亭山了，我俩这么互相看着，好像总也看不够的样子。此时此刻，我寂寥的心情，也只有敬亭山能够懂得吧。

敬亭山小档案

大名： 敬亭山

原名： 昭亭山

地点： 安徽省宣城市

雅号： 江南诗山

特色： 敬亭山以茶闻名，其特产为敬亭绿雪茶

景点： 拥翠亭、云齐阁、翠云庵、广教寺双塔、敬亭山茶园

李白与敬亭山

公元 753 年，李白的从弟李昭在宣州任长史，他多次写信给李白，说敬亭山水光潋滟、山花烂漫、白云悠闲，邀请李白来宣州游玩。

在出发前，李白在《寄从弟宣州长史昭》一诗中写道:“尔佐宣州郡，守官清且闲。常夸云月好，邀我敬亭山。”

李白来到宣城后，因为诗文名满天下而备受当地文人墨客的推崇。李昭和当时的宣城太守宇文先生热情地款待李白，经常陪着他游山玩水，喝酒吟诗。

此时，距离李白被迫离开长安已经十年了。长期的四处漂泊，让李白饱尝了世间诸般辛酸，看透了世态炎凉，政治抱负的无从施展加深了他对现实的不满。此时，纵然有李昭等人的相伴，他仍感抑郁不平。

在敬亭山上，李白独坐许久，深感人情冷暖，孤独凄凉之情涌上心头，情不自禁地吟下了《独坐敬亭山》这首千古绝唱。

敬亭山的传说

敬亭山的特产“敬亭绿雪”是我国的历史名茶，在明代还被作为贡茶送到皇宫里给皇亲贵族品尝。关于敬亭绿雪茶名的由来，还有个传说呢：

相传古时候，敬亭山下住着一位美丽的绿雪姑娘，她心灵手巧，尤其擅长制茶，做出来的茶香如兰花。用开水冲泡她做的茶后，杯中的白毫像雪花纷飞，好看极了。后来，有一个恶霸，看上了绿雪姑娘，抢走了她的茶园不说，还要霸占她。绿雪姑娘坚贞不屈，宁死不从，便纵身一跃，跳下山崖自尽了。

后来，人们知道了绿雪姑娘的遭遇后，联合起来赶走了恶霸，夺回了绿雪姑娘的茶园。为了纪念绿雪姑娘的勇气和宁死不屈的气节，人们将敬亭山所产的茶改名为“敬亭绿雪”。

敬亭山的“成名之路”

敬亭山位于宣城北郊的水阳江畔，原名叫昭亭山。公元 266 年，司马炎建立了西晋王朝，为了避父亲司马昭的名讳，司马炎下令将昭亭山改为了敬亭山。敬亭山原本只是黄山的一个支脉，东西延绵不过一百多里，最高的山峰也才 300 多米，并不是一座有名的山。

公元 495 年，南朝诗人谢朓在宣州（今宣城）做太守，游历敬亭山时，写了一首《游敬亭山》。之后，名不见经传的敬亭山开始走进人们的视野。李白是谢朓的超级粉丝，说要游历天下名山。在公元 753 年，他便追随着偶像谢朓的脚步登上了敬亭山，写下《登敬亭山南望怀古赠窦主簿》《独坐敬亭山》等诗，令敬亭山名声大噪。此外，孟浩然、王维、白居易、韩愈、杜牧、刘禹锡、李商隐、颜真卿、苏东坡、汤显祖等名家都曾登临，吟诗作赋，让敬亭山成为“江南诗山”。

第十六站

池州 [CHIZHOU]

今安徽省池州市

秋浦歌·其十四

炉火照天地，
红星乱紫烟。
赧郎明月夜，
歌曲动寒川。

注释

1 秋浦：古县名，在今安徽省池州市。

2 炉火：此处指炼铜的炉火。

3 红星：冶炼时的火星。

4 赧郎：炼铜工人。赧，原指因羞愧而脸红，此指脸被炉火所映红。

译文

熊熊的炉火映红了天地，红红的火星在紫色的烟雾中摇曳。

炼铜的工人脸庞被这炉火照得通红，他们一边劳动一边唱歌，嘹亮的歌声响彻了寒冷的山谷河流。

池州小档案

大名： 池州

别称： 秋浦

地点： 安徽省西南部

特点： 生态环境良好，有着“天然氧吧”的称号

景点： 九华山、杏花村、鱼龙洞、秋浦河等

游览诗人： 陶渊明、苏轼、岳飞、陆游

李白与池州

公元754年，李白与好友高霁、韦权舆相伴游玩九华山。登山远眺，几位诗人忽然诗兴大发，共同谱写了一首《改九子山为九华山联句》，让九华山声名远扬。

离开九华山，高霁又邀请李白到自己的家乡池州青阳做客。池州又被称为秋浦，在唐朝时，因盛产银矿和铜矿而闻名。一天，他们外出游玩时，在秋浦河边遇到了正在冶炼铜矿的工人。在炉火的映照下，满面通红的工人，一边劳动，一边唱歌，歌声震彻了寒冷的湖水。生性随意的李白被这画面震撼了，原来除了鬼斧神工的自然美景，这在炉火之下冶炼的场景同样惊心动魄。借着漫天飞舞的火星和紫烟，李白吟诵了这首在我国浩如烟海的诗歌典籍中最特别的一首诗——《秋浦歌·其十四》，为我们展现了古代劳动人民乐观开朗的精神面貌，塑造了一群可爱的劳动人民的形象。

池州的传说

因为九华山的存在，池州的佛教文化源远流长，独具特色。公元719年，新罗国的金乔觉法师渡海来唐修行，居留在九华山，修行多年，立下“地狱不空，誓不成佛”的宏愿，人们便认定他为地藏菩萨。

相传，九华山有一代主人名叫闵让和，笃信佛教，经常款待四方云游而来的和尚。有一天，闵让和听说山里来了一位苦行僧，住在一个山洞里，被人称为洞僧。闵让和便来到山洞前，对洞僧说：“大师乃修行之人，怎么能住在这山洞之中呢？若大师不嫌弃，老夫愿为大师提供一个修行之所。”洞僧说：“贫僧金乔觉自新罗而来，来此地修行，承蒙施主厚爱，赐贫僧一袭袈裟之地即可。”闵让和听后笑着说：“大师随意自取吧。”话音刚落，金乔觉便脱下了身上的袈裟，向空中展开，然后袈裟越旋越高，最后将九华山大大小小九十九座山峰一齐罩住了。闵让和一看，连忙向金乔觉拜了拜，说：“原来是上天而来的神僧，老夫愿将这整座九华山献给神僧修行。”

后来，九华山成为了金乔觉的修习之所，他带领着闵让和在此虔诚修行，终成正果。

旅行小贴士

1. 九华山：位于安徽省池州市青阳县境内，是“中国四大佛教名山”之一，也被称为“东南第一山”。相传，九华山原名九子山，因李白的一句“妙有分二气，灵山开九华”而更名为九华山。作为一座佛教名山，九华山从山麓至天台峰，保存着许多名刹古寺，其中慧居寺、百岁宫等古刹值得观赏。

2. 杏花村：位于池州市的秀山门外，原来只不过是几间坐落于荒郊野岭中的茅舍酒肆，晚唐诗人杜牧的一句“牧童遥指杏花村”，让这几间酒肆名声大噪。现在的杏花村风光独特，设施修建完备，成为一处颇具代表性的池州古村落，游走其中，可以一窥明清时期古村落风貌和杏花村的幽美诗境。

第十七站

桃花潭 [TAOHUATAN]

位于今安徽省泾县

赠汪伦

李白乘舟将欲行，
忽闻岸上踏歌声。
桃花潭水深千尺，
不及汪伦送我情。

注释

❶ 汪伦：李白的朋友。

❷ 踏歌：唐代民间流行的一种手拉手、两足踏地为节拍的歌舞形式，可以边走边唱。

❸ 不及：不如。

译文

李白乘着小舟，将要离开这里去远行。忽然，他听见岸上传来踏歌的声音。原来是汪伦踏着歌来为他送行。

听说这桃花潭的潭水有千尺深，却也没有汪伦来送他的这份情谊深啊！

桃花潭小档案

大名：桃花潭

别称：玉镜潭

地点：安徽省泾县桃花潭镇内

邻居：南临黄山、西接九华山

景点：怀仙阁、汪伦墓、中华第一祠、文昌阁、东园古渡、踏歌岸阁

历史名人：李白、汪伦

李白和汪伦的故事

在桃花潭的东边，有一座“踏歌岸阁”，修建于明朝末年，是为纪念李白、汪伦两人的深厚情谊所修建的。公元 755 年，李白旅居在秋浦的族叔李阳冰家里。对李白仰慕已久的泾县人汪伦听说李白来到了皖南，他知道李白喜欢喝酒和赏桃花，便灵机一动，写了一封信给李白，邀请他来桃花潭游玩。他在信中写道：“先生好游乎？此地有十里桃花。先生好饮乎？此地有万家酒店。”

李白接到信后，对美景和美酒十分感兴趣，便欣然前往。到了之后，发现这里并没有什么十里桃花和万家酒店。汪伦解释道：“十里桃花指的是十里之外的桃花渡，万家酒店则是一家姓万的人家开的酒店。”李白听后，得知自己上当了，却并不生气，而是哈哈大笑起来。

后来，汪伦带着李白在桃花潭镇游玩了几天。李白离开之时，汪伦便和乡亲们一起踏着歌到渡口为他送行。李白很感激汪伦的热情，便写下了这首《赠汪伦》。

桃花潭之争

桃花潭自古以来就是南阳古镇（今桃花潭镇）的分界线，东边是翟村，西边是万村。数百年间，两村人一直在争论桃花潭的归属问题。相传，在民国时期，两个村子再次为桃花潭打起了官司，地方官很是为难。

有一天，地方官在读书的时候，读到了李白的《赠汪伦》，突然间有了主意，便将这桃花潭判给了翟村。原来自古以来，翟村人都认为桃花潭潭水幽深，将其称为万寸潭，而万村人却认为自己靠近桃花潭，便将这个潭称为万村潭。李白在诗中说“桃花潭水深千尺”，而一千尺正好是一万寸，符合翟村的历史，所以这桃花潭就被牵强地判给了翟村。

诗词大会

含情再诵江淹赋，如在桃花潭水边。

（明　周忱《蕲州送别易副使》）

旅行小贴士

1. 文昌阁：修建于清代乾隆年间，是当地的文化地标。据说在清代修建文昌阁，需要皇帝亲自批准，并且还要考察当地文化水平。桃花潭镇内的翟村，在明清两朝出了7位翰林，10余位进士，皇帝便特批他们修建了这座文昌阁。

2. 怀仙阁：在桃花潭附近，有一块凸起的山岩，上面布满了树藤的苔藓，远看像翡翠垒成的螺髻，有着“垒玉墩”的美名。相传，李白和汪伦、万钜常在上面喝酒作诗。后人在此建了一座“怀仙阁”表示对诗仙的怀念。

第十八站

白帝城 [BAIDICHENG]

位于今重庆市奉节县

早发白帝城

朝辞白帝彩云间，
千里江陵一日还。
两岸猿声啼不住，
轻舟已过万重山。

注释

1. 发：出发，启程。
2. 朝辞：早晨告别。
3. 江陵：今湖北省荆州市。
4. 住：停息。
5. 万重山：层层叠叠的山，形容有许多山。

译文

在朝霞满天的清晨，我就要踏上归程了。乘坐小船在江面行驶，抬头便看见白帝城被彩云缭绕，如在云间。远在千里之外的江陵，好像一天之内就能够到达。

两岸青山林立，山林中的猿猴不断地啼叫。猿猴的啼声还回荡在耳边时，轻快的小船已驶过连绵不绝的重重青山。

白帝城小档案

大名： 白帝城

原名： 子阳城

美誉： 诗城

地点： 重庆市奉节县

景点： 白帝庙、托孤堂、明良殿、观星亭

名人： 刘备、诸葛亮、李白、杜甫、白居易、刘禹锡

《早发白帝城》背后的故事

公元755年，撼动大唐王朝的安史之乱爆发了，唐玄宗被迫逃往四川避难，太子李亨则北上灵武，抵御叛军。同时，唐玄宗还下令任命永王李璘为江陵府都督，统领南方各路兵马，镇守江陵。这时，正在庐山隐居避难的李白，带着满腔的报国热情加入了李璘的军队，希望能为平定叛乱出一份力。

公元756年，李亨在灵武继位成为皇帝，仍旧在外逃亡的唐玄宗则成为了太上皇。

这时，野心勃勃的李璘也想争夺皇位，便起兵打算与李亨一较高下，可是因为实力不够，在公元757年被镇压了。李白也因此受到牵连，被关到了浔阳的监狱里。在好友宋若思的帮助下，李白最终免去了牢狱之灾，但还是被流放到偏远蛮荒的夜郎（今贵州）。途中，皇帝大赦天下，李白也遭到赦免，便立即从白帝城乘船返回江陵，心情大好的李白写下这首《早发白帝城》来表达自己归心似箭的心情。

白帝城托孤

白帝城是一座历史悠久的古城，在这里发生了很多历史故事，其中最有名的要数“刘备白帝城托孤”了。

三国时期，刘备与东吴的孙权结盟，打败了雄踞北方的曹操。公元 220 年，东吴违背与刘备湘水划界的约定，夺取了荆州地区，并且斩杀了刘备的二弟关羽。刘备悲愤交加，不顾众人的劝阻，起兵讨伐东吴。

公元 222 年，东吴大将陆逊设计，在夷陵之战中火烧刘备的军营，致使刘备损失惨重，不得不退守到白帝城。连受重创的刘备一病不起，他召来诸葛亮，说：“如果阿斗有能力做皇帝，你就辅佐他；如果他不是那块料，你就自行决定吧。”诸葛亮听后哭着说：“我一定尽我所能去辅佐少主中兴大汉，直到死的那一刻。”就这样，刘备在临终前将儿子刘禅托付给了诸葛亮。

白帝城的由来

白帝城又叫子阳城，位于重庆市奉节县瞿塘峡口北岸，这里地势险要，易守难攻，是兵家的必争之地。它的诞生要追溯到西汉末年。

西汉末年，国家政局混乱，民不聊生，农民大规模起义。有一天，公孙述骑马来到瞿塘峡口，见那里地势险要，易守难攻，便命人扩修城垒，取名子阳城。慢慢的，他的势力越来越大，萌生了称王之心。后来，公孙述听说城中有一口白鹤井，井中常冒出一股白色的雾气，好像一条白龙直冲云霄。公孙述便借机说这是“白龙出井”，是他日后成为天子的征兆。于是，他自称白帝，并在此建都，将子阳城改名为白帝城。

图书在版编目（CIP）数据

跟着诗人去旅行．李白 / 段思捷主编．
—武汉：长江出版社，2019.10
ISBN 978-7-5492-6739-2
Ⅰ．①跟… Ⅱ．①段… Ⅲ．①李白（701-762）-
唐诗-诗歌欣赏 Ⅳ．① I207.2

中国版本图书馆 CIP 数据核字（2019）第 235024 号

跟着诗人去旅行．李白
GENZHESHIRENQULÜXING.LIBAI
段思捷　主编

责任编辑： 梁琰
出版发行： 长江出版社
地　　址： 武汉市江岸区解放大道 1863 号
邮　　编： 430010
网　　址： http://www.cjpress.com.cn
电　　话： 027-82926557（总编室）
027-82926806（市场营销部）
经　　销： 各地新华书店
印　　刷： 武汉市卓源印务有限公司
规　　格： 710mm×1000mm
开　　本： 16
印　　张： 20
字　　数： 300 千字
版　　次： 2019 年 10 月第 1 版
印　　次： 2023 年 2 月第 2 次
书　　号： ISBN 978-7-5492-6739-2
定　　价： 108.00 元（全四册）

安得此身生羽翼，与君来往共烟霞。

跟着诗人去旅行

白居易

刘滢　罗飞英◎主编

长江出版社
CHANGJIANG PRESS

目 录 MULU

白居易的生平

白居易，字乐天，晚年号香山居士，公元772年出生在河南新郑，公元846年在洛阳去世。他是唐代伟大的现实主义诗人，享有“诗魔”“诗王”的美誉。

白居易小时候十分聪明，读书也很努力。他十六岁时来到长安，一首《赋得古原草送别》让他在诗坛崭露头角。

此后，白居易怀着满腔热忱，一心只想施展自己的抱负。终于，他在公元800年考中了进士。此后，他先后担任校书郎、县尉、翰林学士、左拾遗、赞善大夫等职。在他担任左拾遗期间，写出了脍炙人口的《卖炭翁》。

公元811年，白居易的母亲去世，他回到下邽（今陕西省渭南市临渭区），为母亲守孝。公元813年，白居易回到长安，担任左赞善大夫的官职。公元815年，因为宰相武元衡被人刺杀，他力主追凶，触怒当政者，因而被贬为江州（今江西省九江市）司马。

在贬谪途中，白居易经过襄阳、钟祥的时候，看到凄凉的秋景，写下了《襄阳舟夜》《登郢州白雪楼》等诗。他在江州任职期间，办完公事以后，经常到

处游览，去了大林寺、建昌江、庐山等地，并留下诗句，抒发心中的苦闷。这时的他，心情很忧郁，写出来的诗也流露出淡淡的忧伤，被后世歌咏的《琵琶行》就是在这个时期写的。

公元818年，他在好友的帮助下，被朝廷任命为忠州（今重庆市忠县）刺史。第二年春天，他在去忠州履职的途中，经过岳州（今湖南省岳阳市）时，写下了《题岳阳楼》。

公元822年至826年，白居易相继担任杭州刺史、苏州刺史等职，做了许多有益于当地百姓的事情：修筑堤坝、治理水患、开凿河道等。

白居易晚年的时候居住在洛阳。这时的他，早已经看淡了官场上的事情，向往逍遥自得的田园生活，经常与好友去附近游玩。

公元846年，白居易去世，葬于洛阳香山。他去世以后，唐宣宗李忱写了一首诗来悼念他："缀玉联珠六十年，谁教冥路作诗仙？浮云不系名居易，造化无为字乐天。童子解吟长恨曲，胡儿能唱琵琶篇。文章已满行人耳，一度思卿一怆然。"

读万卷书，不如行万里路。一千多年前，白居易的足迹踏遍祖国的千山万水，他的笔下有顽强生长的野草、陡峭险峻的嵩山、风景如画的苏杭……让我们跟随白居易的脚步，一起领略大好河山的旖旎风光吧！

第一站

咸阳 [XIANYANG]

今陕西省咸阳市

赋得古原草送别

离离原上草，一岁一枯荣。
野火烧不尽，春风吹又生。
远芳侵古道，晴翠接荒城。
又送王孙去，萋萋满别情。

注释

① 赋得：在指定、限定题目前加“赋得”二字，多用于古代科举考试的“试帖诗”。这首诗是白居易应科举考试而拟题的习作。

② 离离：青草茂盛的样子。

③ 枯：草木枯萎。

④ 荣：茂盛。

⑤ 王孙：本指贵族后代，此处指远方的友人。

⑥ 萋萋：形容草木茂盛的样子。

译文

原野上长满了茂盛的青草，青草每年都会枯萎，然后又长出嫩绿的新芽。野火烧不完青草，春风一吹，它们又重新长出来了。

青草发出的香味弥漫着古道，在阳光的照耀下，翠绿的草一直蔓延到荒芜的古城。再次送别朋友，望着茂盛的青草，我的心中充满了离别的愁绪。

咸阳小档案

大名： 咸阳

地点： 陕西省咸阳市，位于八百里秦川腹地，关中平原中部，是中原地区通往大西北的交通要道

称号： 中国第一帝都

邻居： 东邻西安，西北与甘肃接壤

著名景点： 咸阳湖、茂陵、乾陵、昭陵、杨贵妃墓等

历史名人： 班超、班固、班昭、贾逵、李靖、王重阳等

《赋得古原草送别》背后的故事

白居易十六岁时，从江南来到关中平原（今陕西省一带），看到此地的自然环境与江南的截然不同，感慨颇多。后来，白居易为了准备科举考试便写了这首《赋得古原草送别》。

没过多久，白居易来到了长安。他十分仰慕当时的大名士顾况，就带着自己写的诗去拜访，希望能够得到顾况的指点。

那天，顾况拿到白居易的拜帖，刚看到“白居易”这三个字时，便开玩笑说：“最近长安的米涨价了，很贵啊，想要在这里居住不容易啊！”其实他是想告诉白居易，在京城里定居不是一件容易的事情。

说完，顾况就随手翻看白居易写的诗，一副心不在焉的样子。当他看到“野火烧不尽，春风吹又生”这句诗时，眼睛一亮，若有所思，这才开始认真看白居易写的诗。

顾况一边看一边不停地点头，并说道：“能写出这么好的诗，想要在长安住下来，其实也是很容易的啊！”

顾况看到的那首诗，就是《赋得古原草送别》。之后，他经常向别人说起白居易。就这样，白居易的诗句慢慢传开了，大家都知道他的才华了。

唐十八陵

在陕西省咸阳市有十八座唐代帝王的陵墓，它就是“关中十八唐帝陵”，也称为“关中十八陵”“唐十八陵”。

唐十八陵分布在富平县、蒲城县、三原县、泾阳县、礼泉县、乾县这六个县。它被列为全国重点文物保护单位，共包括献、昭、乾、定、桥、泰、建、元、崇、丰、景、光、庄、章、端、贞、简、靖等十八座唐代帝王的陵墓，其中最著名的是昭陵和乾陵。

昭陵是唐十八陵中规模最大的一座。它位于礼泉县城东北的九峻山上，是唐太宗李世民与长孙皇后的陵墓。昭陵一共有 180 多座陪葬墓，不仅是“唐十八陵”中规模最大的一座，也是中国历代帝王陵园中规模最大、陪葬墓最多的一座，被誉为“天下名陵”。它是唐代最具有代表性的一座帝王陵墓，还开创了唐代帝王依山为陵的先例。

乾陵位于乾县城北的梁山上，是唐高宗李治与武则天的合葬陵墓，也是国内乃至世界上独一无二的一座夫妻帝王合葬陵墓。除了主墓以外，乾陵还有十七座陪葬墓。乾陵是目前唐十八陵中，保存比较完整的一座陵墓。

旅行小贴士

1. 乾陵：唐高宗李治和中国历史上唯一的女皇帝武则天的合葬陵，仿唐长安城格局构筑，分为宫城、皇城和外城三个部分，是盛唐文化的代表性旅游地区。

2. 汉茂陵：西汉武帝刘彻的陵墓。陵墓的旁边还有卫青、霍去病等人的墓葬。它在汉代帝王陵墓中规模最大、修造时间最长、陪葬品最丰富，被称为“中国的金字塔”。

第二站

江郎山 [JIANGLANGSHAN]

▶位于今浙江省江山市

江郎山

林虑双童长不食，
江郎三子梦还家。
安得此身生羽翼，
与君来往共烟霞。

注释

❶ 林虑双童：隋朝学者卢太翼曾避难于林虑山，与弟子以岩为庐，欲成不食人间烟火的神仙。

❷ 江郎三子：指传说中的江氏三兄弟，江郎、江亚和江灵，他们化作江郎山。

❸ 安得：哪里能够得到。

❹ 烟霞：烟雾与云霞，指代山水胜景。

译文

卢太翼和弟子不食人间烟火，隐居在林虑山，江氏三兄弟在梦里回到了家中。哪里能够得到一双翅膀，让我可以与他们一起，共同徜徉在缥缈的山水胜景之中啊！

江郎山小档案

大名： 江郎山

别名： 玉郎山、金纯山

地点： 浙江省江山市石门镇

诗称： 雄奇冠天下，秀丽甲东南

荣誉： “中国丹霞”景观地之一

小伙伴： 广东丹霞山、湖南崀山、福建泰宁、江西龙虎山、贵州赤水，与浙江江郎山同为“中国丹霞”景观地

著名景点： 三石峰、十八曲、塔山、须女湖、仙居寺等

历史名人： 张九龄、王安石、陆游、辛弃疾、徐霞客

《江郎山》背后的故事

公元 788 年，白居易的父亲白季庚被派到衢州做官，白居易也跟着去了。

白居易在衢州住了三年，从十七岁成长到十九岁，正是血气方刚、志在四海的年纪。这期间，他访遍了衢州的名胜古迹、风土人情，尤其为江郎山所震撼。

这天，白居易漫步在江郎山径，只见云雾弥漫，霞光陆离，远处的山色逐渐与天色融成一片。他愣在原地，觉得脑海中一片空白，身体变得轻飘，半晌说不出话来。过了很久，他才回过神来，向前一路小跑，想要追随山间的云雾。可是，任他脚下的步子再快，似乎也追不上那慢悠悠的云。他想起了人们口口相传的江郎山的传说，不禁赞叹道：“这缥缈虚幻的美景只应天上有，此处一定是神仙们居住的地方啊！”

白居易被江郎山的美吸引，心生向往，于是作下此诗，发出“安得此身生羽翼，与君来往共烟霞”的感叹，恨不能生出一双翅膀，往返天上与人间，与神仙一同快乐逍遥。

江郎山的传说

关于江郎山名字的由来，有一个美丽的传说。相传东海龙王有一个女儿，名叫须女。须女听说衢州边上的仙霞山是一个美丽的地方，于是偷偷离开龙宫，独自一人溜进山里游玩。

须女一边游玩、一边欢笑，却不知道，自己被山中的猛虎盯上了。猛虎朝须女背后扑了过去，一把将她扑倒，尖锐的牙齿就要咬上她的脖颈！就在此时，“嗖”！一支箭直直射中猛虎的眼睛。猛虎受到惊吓，马上逃走了。射箭之人是一个面容英俊的年轻猎人，名叫江灵，和他的两个兄弟住在仙霞山脚下。

江灵救了须女，须女感激不尽，面带羞涩地说：“多谢英雄救命之恩，小女子无以为报，如不嫌弃，愿以身相许。”就这样，江灵和须女成亲了。

但好景不长，东海龙王得知了此事，恼羞成怒，派虾兵蟹将兴风作浪，要冲垮江灵居住的村庄。为了保护村庄，江灵和他的两个兄弟一起，舍身化作三块巨石，堵住了汹涌而来的海水。须女见状，悲痛不已，誓死不回龙宫，她化身成一片小湖，与江灵日夜相伴，永不分离。

后来，人们便称其为江郎山与须女湖。

旅行小贴士

1. 春秋两季最适合登山：春末雨量丰沛，经常出现云雾缭绕三峰的壮观景象；秋季天高气爽，登顶后向西北方遥望，甚至可以看到江西三清山。

2. 作为中国丹霞地貌的代表，江郎山有著名的三座石峰，分别为郎峰、亚峰、灵峰，自北向南呈“川”字形排列，形似石笋天柱，人称“三爿石”。

3. 为纪念徐霞客而修建的“霞客亭”，是观赏“三爿石”的最佳地点。徐霞客曾于1620年、1628年和1630年三次过江郎山，他把江郎山与雁荡山、黄山、鼎湖峰进行比较，极力赞叹江郎山的奇、险、神。

4. 江郎山风景区有两处特色景观：“一线天”，长高各约300m，两壁平行且笔直，状似刀砍斧劈；“郎峰天游”，是“三爿石”中唯一可以登顶的山峰，平均坡度88度，几乎要垂直爬上山峰。

第三站

邯郸 [HANDAN]

今河北省邯郸市

邯郸冬至夜思家

邯郸驿里逢冬至，
抱膝灯前影伴身。
想得家中夜深坐，
还应说著远行人。

注释

❶ 驿：驿站，驿馆。古代传递公文、转运货物或出差官员途中歇息的地方。
❷ 冬至：二十四节气之一。一年中的冬至日，昼最短、夜最长。
❸ 远行人：离家在外的人，诗中指自己。

译文

我住在邯郸驿馆的时候，正好是冬至佳节。晚上，我抱着双膝坐在灯前，只有影子与我相伴。

我想，家中的亲人今天会相聚到深夜，还会谈论我这个远行在外的人。

邯郸小档案

大名： 邯郸

别名： 邺城、磁州、洺州、大名府、广平府

地点： 河北省邯郸市

美誉： 中国成语典故之都、中国女娲文化之乡、中国太极之乡

历史名人： 赵武灵王、廉颇、蔺相如、荀子、曹操等

著名景点： 铜雀台、娲皇宫、邺城遗址、武灵丛台、兰陵王墓

游览特色： 有磁山文化、赵文化、女娲文化、建安文化、成语典故文化等，域内文物古迹多达 400 多处

《邯郸冬至夜思家》背后的故事

公元 804 年，白居易在朝廷做官，负责国家藏书的校勘工作。

到了冬至这天，朝廷要放假，民间也很热闹，大家伙儿穿上新衣裳，互相赠送吃的、喝的，互相说祝福的话语，一派喜庆的景象。

本该是家人团聚的重要节日，白居易却远行在外。此时，他正在河北游历，晚上就在邯郸的驿馆里落脚。

夜色深了，驿馆外的欢笑声还没有停，和家人在一起是多么幸福的事啊！而白居易呢？他独自一人，只能在冷冷清清的房间里，抱着自己的双膝，想获得哪怕一丁点儿的温暖。他看着桌上烧得通红的烛火，遥想亲人：家里的亲人现在也还没休息吧？他们是不是在计算着，我这个远行在外的人，要多久才能回到家里呢？他们一定也在惦记着我，不知道孤身在外的我要如何度过冬至佳节吧！

于是，白居易有感而发，写出此诗。全诗没有运用华美的辞藻，也没有什么奇特的想象，只用质朴的语句来描写自己的思乡之情，道出了人们常有的一种生活情感。

铜雀台

邯郸市临漳县古称“邺城”，始建于春秋齐桓公之时，到了三国时期，成为曹操的都城之一。

据说，曹操消灭袁氏兄弟后，夜宿邺城。半夜，曹操被一道金光晃醒，他看到金光照在屋外的一块空地上。过了一会儿，金光又不见了。曹操心生疑虑，觉得此中必有蹊跷！第二天，他命人掘开空地，挖出一只铜雀。曹操的大臣荀攸说：“以前，舜的母亲梦见玉雀入怀中，然后生下了舜。今天主公得到这只铜雀，也是大吉之兆啊！”曹操听了，心中大喜，决定在此地建一座铜雀台。

不久之后，铜雀台建成了。台上楼宇连阙，飞阁重檐，雕梁画栋，雄伟壮观。曹操十分满意，在铜雀台上大宴群臣，慷慨激昂地述说自己匡复天下的决心，又命武将比武、文官赋诗文。台上鼓乐喧天，歌舞拂地，盛况空前。大家以酒助兴，谈古论今。

后来，许多名人为铜雀台题咏诗篇，这里也成为“建安文学”的发祥地。但如今，历经千年风雨侵蚀，铜雀台基本被毁，只剩黄土与青砖，静卧在萋草斜阳中，任由游人凭吊。

邯郸的名称由来

“邯郸”二字作为地名自古沿用至今，三千年来不曾改过名字，是中华地名文化当中的特例。它的名称由来，主要有三种说法——

说法一：战国以前，邯郸写作“甘丹”。有学者认为，太阳升起越过地平线叫“甘”，太阳落山低于地平线叫“丹”。邯郸也就是“日出日落之地”的意思。

说法二：古时有复姓为“邯郸”，这个地名可能是根据姓氏所取。

说法三：《汉书·地理志》中魏国张晏提出：“邯郸山，在东城下，单，尽也，城郭从邑，故加邑云。”意思是说，邯郸的地名源于邯郸山。东城下有一座山，名叫“邯山”，山脉的尽头是“单”，邯山至此而尽，因此得名“邯单”。因为城郭从邑，所以“单”的旁边加上“邑（即包耳旁）”，成为“邯郸”。

第四站

大慈恩寺 [DACIENSI]

▶位于今陕西省西安市

三月三十日题慈恩寺

慈恩春色今朝尽，
尽日裴回倚寺门。
惆怅春归留不得，
紫藤花下渐黄昏。

注释

1 慈恩寺：即大慈恩寺，位于今陕西省西安市。
2 尽日：整天。
3 裴回：彷徨，徘徊。
4 倚：靠着。
5 惆怅：伤感、失意。

译文

我去游览慈恩寺，那里的草木都快要凋谢，我在寺门外面来回走动了一整天。

无奈春天已经过去，留也留不住。我在紫藤花下面待了一天，直到黄昏将至，也不愿离去。

大慈恩寺小档案

大名： 大慈恩寺

地点： 陕西省西安市南部

年龄： 公元 648 年修建，距今将近 1400 年

著名景点： 大雁塔、雁塔广场等

游览特色： 大慈恩寺是佛教的祖庭之一，在佛教传播史上具有重要地位

《三月三十日题慈恩寺》背后的故事

公元 811 年，白居易的母亲陈氏去世。白居易回到了下邽（今陕西省渭南市临渭区），为母亲守孝。

有一天，他来到大慈恩寺。当时正是暮春时节，他看到这里的草木快要凋谢，触景生情，便写下了这首《三月三十日题慈恩寺》。这首诗看似写慈恩寺的景色，实则是白居易心中思念母亲，把对母亲的思念和对春的留恋融合在了一起。

关于大慈恩寺的建立，还有这样一个感人的故事——

公元 636 年，文德皇后长孙氏去世。她的小儿子李治，经常想起母亲生前对自己的疼爱。李治的父亲唐太宗也十分思念皇后。于是，李治在父亲的支持下，准备修建一座寺院来纪念母亲。

公元 648 年，这座富丽堂皇的寺院终于建好了。唐太宗举行了隆重的入寺仪式，并为其取名为慈恩寺。李治即位之后，还亲自写下了碑文《慈恩寺碑铭》。

后来，许多文人墨客都慕名来到大慈恩寺，并写下了很多有名的诗篇。

大雁塔的传说

大雁塔位于唐朝长安城晋昌坊（今陕西省西安市南）的大慈恩寺内，也叫“慈恩寺塔”。

相传，在很多年以前，摩揭陀国（今印度比哈尔邦南部）有一座寺院。寺院里的和尚信奉小乘佛教，是可以吃肉的。

有一天，一个小和尚看到空中飞来了一群大雁，随口说道：“今天大家都没有东西吃了，如果菩萨知道了，会让我们吃什么呢？”

谁知道，这个小和尚的话刚说完，就有一只大雁掉落在他的面前。小和尚一看，大雁已经死了。他觉得十分奇怪，就告诉了其他和尚。大家都认为，这是如来佛祖在教化他们。于是，他们就在大雁掉下来的地方，把大雁给埋葬了，并建造了一座塔，这座塔就是雁塔。

唐代著名高僧玄奘在印度游学的时候，特意瞻仰了这座雁塔。他回到唐朝之后，为了存放从印度带回来的经书、佛像，在得到唐高宗的允许后，设计并督造了一座塔。

公元652年，这座塔建成了。它是仿照印度雁塔的形式而修建的，名字也叫雁塔。只是，在塔名之前加了一个“大”字，代表大乘佛教的意思。这就是大雁塔的由来。

旅行小贴士

1. 大雁塔：塔高约64.5米，共七层，塔底呈方锥形，塔内装有楼梯，游客站在上面，可以俯瞰西安全貌。唐代学子考中进士后，都要到塔下题名，因此又以“雁塔题名”代称进士及第。公元800年，白居易考中进士的时候，写下了“慈恩塔下题名处，十七人中最少年”的诗句。

2. 大雁塔广场：以大雁塔为中心，占地近1000亩，整体设计凸显大唐文化精神。

第五站

蓝田 [LANTIAN]

今陕西省蓝田县

蓝桥驿见元九诗

蓝桥春雪君归日，
秦岭秋风我去时。
每到驿亭先下马，
循墙绕柱觅君诗。

注释

1. 蓝桥：桥名，位于蓝田、商洛之间，是交通要道，在今陕西省蓝田县的蓝溪之上。
2. 元九：诗人元稹的别称，他是白居易的好友。
3. 春雪君归日：元稹奉召还京时正逢下雪。
4. 秦岭：又名秦山、终南山，在今陕西省境内。此处泛指山岭，是白居易此行所经之地。
5. 驿亭：即驿站，供行人、旅客休息的亭子。

译文

当初你（元稹）归来之日，蓝桥上春雪飘飘。如今我离去之时，秦岭上秋风飒飒。每到一处驿站，我首要之事便是下马，沿墙绕柱东瞧西看，到处寻找你写的诗句。

蓝田小档案

大名：蓝田县

别名：峣柳城

地点：陕西省蓝田县，位于秦岭北麓、关中平原东南部

邻居：西安市、商洛市、渭南市

美誉：玉乡、华胥故里

特色：因盛产美玉而得名，自古据秦楚大道，有“三辅要冲”之称

著名景点：水陆庵、悟真寺、王顺山、汤峪、猿人遗址、簸箕掌等

《蓝桥驿见元九诗》背后的故事

古时候，诗作的发表和流传不像现代社会这么方便，大多是通过朋友赠予、宴席赋咏、投谒（yè）名流或墙壁题作来留下。在蓝田县东南处的蓝溪上，有一座“蓝桥”，桥附近设有一个亭子，供行人旅客落脚，许多诗人路过此地都会题诗。白居易和他的好朋友元稹，就曾在蓝桥驿亭留诗交流。

公元 815 年正月，元稹奉诏回京，那时雪刚融化，吹起了春风，元稹的心情也如眼前的景色一般，春风得意、澎湃激昂。于是，经过蓝桥驿亭的时候，他洋洋洒洒地在墙壁留诗以表心中抱负。可是，他回京没多久，又被贬去通州。

就在同一年，白居易也遭到贬官。八月，白居易迎着吹遍了秦岭的秋风，逐渐远离京城，心情十分低落和悲凉。白居易此行，和好友元稹被贬去通州的路程一致，真可谓“同是天涯沦落人”。一到蓝桥驿亭，白居易便迫不及待地下马，在里面转来转去，摩挲拂拭，辨认元稹此前留下的诗句。

想到自己踏上和好友一样的被贬之路，之后将会经过元稹停留过的驿站，白居易一时有感，用“循墙绕柱觅君诗”写出了自己怀念好友之情。

华胥氏的传说

蓝田是上古时期母系氏族女首领华胥氏的故里，相传她踩雷神脚印，感应受孕，生伏羲和女娲，传嗣炎帝黄帝，从而成为中华民族的始祖母。

相传雷神脾气暴躁，他发起威来，天上雷鸣电闪，人间倾盆大雨。华胥氏想去劝说雷神，请他对人间众生温柔一点儿。

华胥氏来到雷神居住的地方，发现路上有一串大脚印。大脚印把地面踩下去一个深坑，就连脚趾，也比华胥氏的拳头还要大。她心里好奇：“这是谁的脚印呢？”于是，她踩着大脚印一直向前走，走累了，就坐在石头上休息。

就在这时，空中响起一声炸雷，顿时黑云压顶。接着，一道道电光闪过，雷声越来越大。华胥氏觉得头晕目眩，害怕极了。

过了一会儿，一切又恢复了平静，西边天际挂起了一道彩虹。华胥氏慢慢站起来，忽然觉得肚子隐隐作痛，她并不知道，自己已经怀上了雷神的孩子。

在这之后，雷声的脾气似乎比之前好了点儿，华胥氏也回到了蓝田，她带领族人不断迁徙，足迹遍布黄河流域，过着渔猎、农耕的生活。十二年后，华胥氏生下一男一女，男孩名叫伏羲，女孩名叫女娲，开辟了中华民族的发展史。

旅行小贴士

1. 约一百万年前，中华民族的祖先之一“蓝田猿人”，就在蓝田县公王岭一带繁衍生息，逐渐散居于灞河中下游。蓝田人，是中国北方最早的直立人。

2. 距今一万年左右，先民们在灞河、辋（wǎng）川河、焦汤河流域定居，制陶器，磨石器，养家畜，从母系氏族逐步向父系氏族社会过渡。

3. 蓝田有“三皇旧居”遗址：华胥氏陵、尊卢氏陵、女娲氏谷。

第六站

襄阳 [XIANGYANG]

今湖北省襄阳市

襄阳舟夜

下马襄阳郭，移舟汉阴驿。
秋风截江起，寒浪连天白。
本是多愁人，复此风波夕。

注释

1. 郭：外城墙。
2. 移舟：划动小船。
3. 汉阴：山的北面、水的南面为阴，汉阴即汉水的南岸。
4. 截江：横跨江面。

译文

我从北方骑马来到襄阳城，下马以后到汉水南岸边上的驿站换船，继续东行。此时，秋风刮过江面，吹起寒冷的波浪与天际连成白茫茫一片。我本来就因为被贬而愁苦，这个有风浪的夜晚更增添了我的愁绪。

襄阳小档案

大名：襄阳

别名：襄郡、襄州、襄樊

地点：湖北省襄阳市，位于汉江中游平原

文化特点：楚文化、汉文化、三国文化

美誉：兵家必争之地、华夏第一城池

著名景点：古隆中、鹿门寺、水镜庄、春秋寨

《襄阳舟夜》背后的故事

公元 815 年，唐朝发生了一件大事：宰相武元衡被人刺杀，当场身亡。当时的朝廷却对此事置之不理。

当时，白居易担任太子左赞善大夫（负责教导太子辨是非的官职），他知道了以后感到非常生气，于是写奏章要求朝廷捉拿凶手。当朝权贵认为他越职了，还有一些朝廷大臣趁机说他的坏话："白居易一点儿也不孝顺，他的母亲在看花的时候坠井去世了，他却写了《赏花》和《新井》的诗歌。"于是，当朝皇帝唐宪宗就贬他为江州（今江西九江）刺史。事实上，那些权贵排挤白居易，是由于白居易写了许多揭露现实的诗，得罪了他们，他们便借机报复。

然而，事情并没有想象中的那么简单。在白居易赴任的途中，一个叫王涯的官员又写奏章说，白居易没有资格担任江州刺史。后来，唐宪宗又把白居易贬为江州司马。

在白居易从长安到江州的路上，经过襄阳的时候，遇上一个寒冷的夜晚，他写下这首《襄阳舟夜》，借此表达内心的愁苦。

三顾茅庐

襄阳是三国文化的主要发源地，现被列为全国重点文物保护单位的隆中风景名胜区，包括古隆中、水镜庄、承恩寺、七里山、鹤子川等五大景区。在这里发生过许多历史故事，其中最有名的要数“三顾茅庐”了。

东汉末年，刘备在徐庶的推荐下和关羽、张飞一起带着礼物，去隆中拜访诸葛亮。谁知道，诸葛亮刚好出游去了，书童也不知道他什么时候回来。刘备他们只好回去了。

过了几天，刘备三人冒着大雪，又来到诸葛亮家。刘备看到一位青年正在读书，以为是诸葛亮，连忙走过去行礼。那位青年却说他是诸葛亮的弟弟，还告诉他们，哥哥被朋友叫走去游玩了。刘备非常失望，只好留下一封信，说希望得到诸葛亮的帮助，匡扶汉室。

转眼过了新年，刘备三人又选了个好日子，第三次来拜访诸葛亮。这次，诸葛亮正好在睡觉。刘备让关羽、张飞在门外等候，自己在台阶下静静地站着。过了很长时间，诸葛亮才醒来，刘备虚心向他请教治理天下的办法，诸葛亮这才答应辅佐他。

出生于襄阳的历史名人

1. 刘秀，即汉光武帝。他是中国历史上一位有作为的君主，勤于政事，改革创新，开创了“光武中兴”的局面。

2. 杜审言，字必简，是唐朝修文馆直学士。他与李峤、崔融、苏味道被称为“文章四友”，是唐代“近体诗”的奠基人之一，主要作品有《和晋陵陆丞早春游望》等。他是“诗圣”杜甫的祖父。

3. 孟浩然，字浩然，号孟山人，世称孟襄阳，唐代著名的山水田园派诗人，与王维并称“王孟”，主要代表作品有《春晓》《过故人庄》《宿建德江》等。

4. 米芾，字元章，北宋书法家、画家、书画理论家，与蔡襄、苏轼、黄庭坚合称“宋四家”，又称“米襄阳”。他擅长篆、隶、楷、行、草等书体，曾被宋徽宗诏为书画学博士。

第七站

白雪楼 [BAIXUELOU]

位于今湖北省钟祥市

登郢州白雪楼

白雪楼中一望乡，
青山簇簇水茫茫。
朝来渡口逢京使，
说道烟尘近洛阳。

注释

1. 簇：用于聚集成团或成堆的东西。
2. 朝：早晨。
3. 渡口：有船或筏子摆渡的地方。
4. 逢：遇到，遇见。
5. 烟尘：烽火和战场上扬起的尘土，指战火。

译文

我站在白雪楼上眺望故乡，一座又一座的青山连绵起伏，汉江的水白茫茫一片。早上来渡口的时候，我遇到了从京城来的使者，听说战火快要蔓延到洛阳了。

白雪楼小档案

大名：白雪楼

地点：湖北省钟祥市

崇拜者：白居易、刘禹锡、王安石等

邻近景点：兰台、阳春台、子胥台

小伙伴：在宋代，白雪楼与岳阳楼、黄鹤楼、浮云楼并称全国四大名楼

《登郢州白雪楼》背后的故事

公元 815 年的秋天，白居易要去江州赴任。他从京城长安出发，途中经过湖北钟祥的时候，登上了白雪楼。他眺望故乡，看到远处一座座青山连绵起伏，流经此地的汉江水白茫茫一片，心中思念着故乡。刚好在这个时候，遇到了从京城来的使者，他说战火快要蔓延到洛阳了。于是，白居易就写下了这首《登郢州白雪楼》。

那个时候，白居易虽然遭到贬谪，但是他依然不顾个人的得失，关心国家人民的安危。

自从白居易登上白雪楼，写了这首诗以后，许多诗人都来到白雪楼写诗作赋。

诗词大会

折杨黄华笑者多，阳春白雪和者少。知音四海无几人，况乃区区郢中小。
千载相传始欲慕，一时独唱谁能晓。古心以此分冥冥，俚耳至今徒扰扰。

（宋 王安石《寄题郢州白雪楼》）

佐幕才多始拜侯，一门清贵动神州。霜蹄晓驻秦云断，野旆晴翻郢树秋。
几处尘生随候骑，半江帆尽见分流。大冯罢相吟诗地，莫惜频登白雪楼。

（唐 赵嘏《送令狐郎中赴郢州》）

阳春白雪

成语“阳春白雪”原指战国时代楚国的一种较高级的歌曲，后来比喻高深的不通俗的文学艺术。

春秋战国时期，楚国官员宋玉很有主见，从来都不随意附和别人。渐渐地，就有一些人开始说他的坏话。

楚襄王听到这些议论以后，就把宋玉找过来，问：“先生，你有什么我们都不知道的品德吗？为什么大家都不称赞你呢？”

宋玉说：“从前，有一个人在郢中（今湖北省钟祥市）唱歌。当他开始唱民间的流行歌曲《下里》《巴人》时，能够跟着节奏唱歌的人有几千人。当他开始唱比较高深的歌曲《阳阿》《薤露》时，能够跟着节奏唱歌的人有几百人。当他开始唱高雅的歌曲《阳春白雪》时，能够跟着节奏唱歌的人只有几十人了。最后，当他开始唱高难度的歌曲时，还能够跟着节奏唱歌的人，只剩下几人了。那些杰出的人志向远大、品德高尚，一般人当然不会理解。这就好比我的才能，人们知道的并不多，当然不会称赞我了。”

楚襄王听了以后，觉得十分有道理，没有再追问下去。

后来，有人将歌曲《阳春》和《白雪》刻在郢中的两座楼台上，分别取名为“阳春台”和“白雪楼”。

白雪楼的历史

白雪楼的建立，最初是用于军事瞭望，后来成为文人墨客登临游览的名楼。唐代诗人白居易写下的《登郢州白雪楼》，是其中久负盛名的一首诗。到了宋代，白雪楼成为四大名楼之一。

如今，白雪楼是郢中八景之一，其他景点为：阳春烟树、石城春雨、兰台午风、莫愁古渡、汉皋（gāo）别意、龙山晓钟、仙桥夜月。

第八站

江州 [JIANGZHOU]

今江西省九江市

赠江客

江柳影寒新雨地，
塞鸿声急欲霜天。
愁君独向沙头宿，
水绕芦花月满船。

注释

❶ 塞：边塞。

❷ 鸿：鸿雁。

❸ 急：很快而且急促。

译文

刚刚下过一场大雨，江边的柳树影子显得分外寒冷。快要打霜了，边塞的鸿雁一声声地叫着。

心中满是愁绪的朋友，将要孤单地在岸边的沙地上留宿。江水环绕着浅滩上的芦花，月光已经在船上洒满了清辉。

江州小档案

大名： 九江

古称： 浔阳、柴桑、江州

称号： 江西北大门，天下眉目之地，鱼米之乡

诗称： 九派浔阳郡，分明似图画

地点： 江西省九江市，位于长江中下游南岸，鄱阳湖北畔

著名景点： 庐山、鄱阳湖、白鹿洞书院、浔阳楼、大林寺、龙源峡等

《赠江客》背后的故事

公元 815 年，白居易因为得罪了当朝权贵，被贬为江州司马。

他的好朋友元稹听到这个消息后，感到十分震惊。当时，元稹正在生病，仍然坚持给白居易写了一封信，倾诉自己的百般情绪。信里还附有一首诗："残灯无焰影幢幢，此夕闻君谪九江。垂死病中惊坐起，暗风吹雨入寒窗。"这首诗就是《闻乐天授江州司马》。

不久，白居易收到了信，被元稹的关心深深地打动了。他郁闷的心情得到了一些缓解，却仍然觉得忧伤。

有一天，白居易送一位朋友离开江州，恰好刚刚下过一场雨，都说"一场秋雨一场寒"，连柳树的影子都显得寒冷了。他又听到鸿雁一声声地叫着，更觉得冷清。想到朋友离开后，只剩下自己孤独一人，他就写下了这首《赠江客》。诗中孤寂、凄冷的意境，正是他心中凄凉的真实写照。

白居易草堂

漫步在江西九江庐山风景区的花径公园里，你会看到一位摸着胡子的老者雕像，他就是唐朝著名的诗人白居易。在这个雕像的旁边，还有一座房子，它就是白居易草堂。

白居易在江州任职的时候，经常在附近游玩。有一天，他来到风景秀丽的庐山，顿时觉得心旷神怡。过了没多久，他就在庐山北面的山脚下盖了一间草堂，在那里过了一段时间的隐居生活。为此，他还专门写了一篇《庐山草堂记》，内容写的是："庐山的风景，十分秀丽，简直是天下所有大山的冠军。山的北峰，叫作香炉峰；香炉峰北面的寺庙叫作遗爱寺；在香炉峰与遗爱寺之间，那处的地方最美丽，而且又是庐山最独特的地方。公元 816 年的秋天，我第一次来这里游玩的时候，就格外喜欢，于是在这里盖了一间草堂……"

这里一共有十处旅游景点：洗耳飞泉、清泉绕舍、方塘幽趣、石涧长松、日晒红纱、药圃茶园、山僧清影、东岩吟诗、拨帘看雪、三然书堂。据说，当年白居易最喜欢"清泉绕舍"。

旅行小贴士

1. 庐山：又名匡山、匡庐，是九江市内著名风景区之一。东偎婺源、鄱阳湖，南靠滕王阁，西邻京九铁路大通脉，北枕长江。以雄、奇、险、秀闻名于世，素有"匡庐奇秀甲天下"的美誉。

2. 浔阳楼：因九江古称浔阳而得名，至今已有 1200 年历史。它是江南十大名楼之一，有回廊、忠义堂、茶室等旅游景点。

第九站

大林寺 [DALINSI]

位于今江西省庐山市

大林寺桃花

人间四月芳菲尽，
山寺桃花始盛开。
长恨春归无觅处，
不知转入此中来。

注释

❶ 大林寺：在庐山大林峰，是中国佛教圣地之一。
❷ 人间：庐山下的村落。
❸ 尽：花凋谢了。
❹ 始：才，刚刚。
❺ 长恨：常常惋惜。
❻ 不知：想不到。

译文

在人间四月天里，百花已经凋零了，大林寺的桃花才刚刚盛开。

我常为春天的逝去和无处寻觅感到惋惜，却不知它已经转到这深山古寺里来。

大林寺

大林寺小档案

大名： 大林寺

地点： 庐山大林峰

称号： 庐山“三大名寺”之一，另外两座寺是西林寺、东林寺

著名景点： 大林花径、天池访仙、黄龙寺遗址等

游览特色： 大小山洞鬼斧神工，亭台楼阁优雅之极，云海翻涌如梦似幻，置身其中，恍如隔世仙游

《大林寺桃花》背后的故事

白居易是一名清正廉洁的官员，但由于得罪了当朝权贵，被贬到了江州。在江州，他只是名义上的小官，没有实权，因此也没有什么公事可做，闲暇的时候，他就喜欢在江州附近游玩，欣赏风景。

公元 817 年四月的一天，白居易和元集虚等十七位朋友相约，一起去庐山大林寺游玩。他们一路走走停停，经过树林，爬上山顶，登至当地著名的香炉峰，夜晚留宿在大林寺。

大林寺地处偏远，很少有人到来。寺庙里面，只有用木板搭盖的房屋和木质器具，僧人不是本地人，生活习惯跟江州的人不一样。寺庙周围，有清澈的溪流、洁白的岩石、低矮的松树和苍劲的瘦竹，和山下的风光也很不一样。不仅如此，山下正是初夏，这里却仿佛二月天。山上的桃花才刚刚开放，山涧中的草还短着呢，到处都是一派生机勃勃的景象……这里的人情风俗、物产节气，都与平原地带大有不同。

当白居易走近大林寺时，恍惚间像来到另一个世界。接着，他便随口吟出一首绝句：“人间四月芳菲尽，山寺桃花始盛开。长恨春归无觅处，不知转入此中来。”

沈括错评咏花诗

白居易的《大林寺桃花》非常有名，流传到宋代的时候，因科学成就而闻名后世的沈括读了这首诗，觉得很不理解。

沈括讽刺道：“既然已是四月，春天都快结束了，桃花怎么会才刚刚开始盛开？像白居易这样的大诗人，竟然写出这种自相矛盾的句子，可谓是‘智者千虑，必有一失’呀！”说完，他便把这事给忘记了。

过了一段时间，沈括去一座山上考察，此时正是春夏相交的四月。山下的百花都已飘落了，沈括爬上山顶，只见山顶之上，白云之下，有一片桃树林，红艳艳的桃花开得繁盛极了。沈括猛然想起白居易的《大林寺桃花》这首诗来，诗中所述，不正是这样一幅奇景吗？沈括这才醒悟过来，温度会随着地势的升高而相应递减。因为山上气温低，所以春季的到来要晚于山下，这才造成了“人间四月芳菲尽，山寺桃花始盛开”的景象，是自己错怪大诗人了。

后来，沈括又找来白居易的诗，发现前面有一篇序，序中写道：“（大林寺）山高地深，时节绝晚，于时孟夏月，如正二月天，梨桃始华（花），涧草犹短。人物风候，与平地聚落不同。”沈括感慨道：“都怪我读书不细，经验太少啊！”

旅行小贴士

1. 庐山自古就是高僧名士和文人墨客喜爱登临的旅游佳地，留下了许多脍炙人口的诗篇和逸闻。

2. 庐山最高峰海拔 1474 米，一般来说，地势越高，气温越低。在庐山，山上比山下的气温低 9℃左右，再加上地处长江与鄱阳湖之间，江湖水汽郁结，日照不足，因此各种节气都来得迟。游客登山要记得添衣。

3. 庐山特产有云雾茶、桂花茶饼、石鸡、石鱼、鲜笋等，“吃货们”千万不要错过。

第十站

建昌江 [JIANCHANGJIANG]

位于今江西省西北部

建昌江

建昌江水县门前，
立马教人唤渡船。
忽似往年归蔡渡，
草风沙雨渭河边。

注释

❶ 建昌江：即修水，位于江西省西北部，自西向东流入鄱阳湖。
❷ 县：即建昌县，今江西九江永修县。
❸ 教：使，命令。
❹ 渡船：用来载人或运货横渡江河湖海的船只。
❺ 蔡渡：渡口名，与白居易的家乡渭村隔江相对，他回家要经过这个渡口。
❻ 忽似：好像，恍若，有如。

译文

建昌江水流过建昌县前，我牵着马站在江边，让人去叫渡江的船只。

这种情景有如当年我回家在蔡渡等船，微风吹动野草，细雨拍打沙滩，我牵着马站在渭河边上。

建昌江小档案

大名： 修水

地点： 江西省西北部，位于幕阜山脉和九岭山脉之间

著名景点： 山背遗址、黄庭坚墓、灵源摩崖石刻、南山摩崖石刻、东岭石林等

《建昌江》背后的故事

公元 811 年，白居易的母亲陈氏去世。他就回到了下邽（今陕西省渭南市临渭区），为母亲守孝。

白居易在为母亲守孝的三年时间里，过着较为闲适的生活，心情比较愉悦。为此，他还写下了这样的诗句：“一朝归渭上，泛如不系舟。置心世事外，无喜亦无忧。”

三年以后，白居易守孝期满，离开了下邽，当上了太子左赞善大夫。没过多久，他因为遭诽谤而被贬为江州司马。

公元 817 年，白居易因公事到江州附近的建昌江去。他在江边等渡船的时候，回想起以前在家乡的蔡渡等船时的情景，有感而发，就写下这首《建昌江》。

前两句写自己在江边等渡船的场景，勾勒出一幅待渡图。后两句写由此产生的联想：“当年，我在下邽的时候，回家也要等渡船。然而，此一时，彼一时。以前，我可以过着悠闲自在的生活；如今，我在官场上几经波折，心境也变了许多。”

这首诗看起来是在写渡口的风光，其实是表达白居易对家乡的思念和孤寂凄凉的心境。

黄庭坚与舅舅对对联

在江西省修水县杭口乡双井村有一座墓园，一走进大门，就会看到黄庭坚的自题小像，两边写着对联："看黄庭有味，笑白发无闲。"这里是黄庭坚墓，直到现在还保存着黄庭坚题写的"双井"等摩崖石刻。

黄庭坚出生在洪州分宁（今江西省修水县）。他小时候十分聪明，书里的内容看过几遍以后，都能够背诵下来。他的舅舅李常看到他这么聪明，就想好好地培养他。

有一天，李常来到黄庭坚的家里，看到黄庭坚正在读书，临时起意要考一考他。

李常说："你这么用功读书，我出一个对联，看看你进步了多少。"黄庭坚十分期待，他早就想露两手给舅舅看了。李常看到院子里有一棵桑树，于是出了上联："桑养蚕，蚕结茧，茧抽丝，丝织锦绣。"黄庭坚看到书桌上的毛笔，立刻对出了下联："草藏兔，兔生毫，毫扎笔，笔写文章。"

李常见黄庭坚能够对出难度这么大的对子，心里很开心。在李常的教导下，黄庭坚更加努力读书，长大以后成了有名的文学家、书法家。

出生于修水的历史名人

1. 黄庭坚，北宋著名文学家、书法家，"江西诗派"开山之祖，与杜甫、陈师道和陈与义有"一祖三宗"之称。与张耒、晁补之、秦观合称为"苏门四学士"。

2. 陈三立，近代同光体诗派重要代表人物，国学大师、历史学家陈寅恪的父亲。

3. 陈寅恪，历史学家、古典文学研究家、语言学家、诗人，与叶企孙、潘光旦、梅贻琦一起被列为清华大学百年历史上四大哲人，与吕思勉、陈垣、钱穆并称为"前辈史学四大家"。

第十一站

岳阳楼 [YUEYANGLOU]

▶位于今湖南省岳阳市

题岳阳楼

岳阳城下水漫漫，独上危楼倚曲栏。
春岸绿时连梦泽，夕波红处近长安。
猿攀树立啼何苦，雁点湖飞渡亦难。
此地唯堪画图障，华堂张与贵人看。

注释

1. 漫漫：大水无边无际的样子。
2. 危楼：高楼。
3. 倚：靠着。
4. 梦泽：云梦泽，古代楚国七大泽之一。这里指岳阳南边的青草湖。
5. 图障：画幅，画卷。古时候，人们喜欢把画幅挂在厅堂里。
6. 张：挂。

译文

岳阳城下的湖水无边无际，我独自登上高楼，倚靠着栏杆眺望。春草的绿色与眼前的洞庭湖水色相接，傍晚的彩霞与湖中的红波交相辉映，红波近处似乎就是长安城。

猿猴站在树上哭得凄惨，大雁要飞过浩渺无边的洞庭湖也有困难。这个地方风景壮阔，倒是可以画成画幅，挂在富贵人家的厅堂里，让他们欣赏。

岳阳楼小档案

大名： 岳阳楼

称号： 历史上，岳阳楼、黄鹤楼、滕王阁并称“江南三大名楼”

地点： 湖南省岳阳市，洞庭湖与长江交汇口

诗称： 洞庭天下水，岳阳天下楼

游览特点： 岳阳楼是三大名楼中唯一保持原貌的古建筑，楼高三层，全木结构，楼顶采用了古代将军头盔式的顶式结构，四根楠木金柱直贯顶部，周围绕以廊、枋、椽、檩互相榫合，全楼没有用一根铁钉、一道横梁

历史名人： 元稹、刘长卿、杨基、范仲淹、袁中道

邻近景点： 三醉亭、仙梅亭、怀甫亭、点将台、小乔墓

《题岳阳楼》背后的故事

公元819年春天，白居易从江州到忠州赴任。此次被贬官，又是因为被诽谤，他心里郁郁不得志。

白居易乘船沿长江逆流而上，途径岳州（今岳阳市），登上洞庭湖畔的岳阳楼。他看到洞庭湖烟波浩渺，气象万千。眼前的风光，是何等壮阔美丽啊！但是，他心中又不免悲凉起来……唉，自己原本受到皇帝赏识和提拔，为报答知遇之恩，便把看到的民间疾苦、想到的解决之道毫无保留全部上报，希望能为国家、为人民做贡献，没想到却被其他官员诽谤，而招致贬谪。天地何其大，却没有接纳自己的地方。

在白居易眼里，这并不是赏心悦目的好地方。有闲心欣赏岳阳楼前风光的人，怕是只有那些养尊处优的贵人们吧！唉，自己身为一个漂泊的迁客，看到湖水的广阔，听到猿猴的啼哭，看到飞行的大雁，想到国都长安遥不可及，想回却也回不去，只觉得内心凄凉和茫然啊！

白居易写下这首诗，描绘了登楼所见之景，抒写了对长安的思念和行旅艰难的感慨。诗文寓情于景，在描绘优美动人的景色的同时，也透过“独”“苦”“难”等字，展示了内心的独白。

范仲淹与《岳阳楼记》

北宋时期，范仲淹和滕子京同朝为官，因志同道合而结为好友。当时社会危机严重，他俩主张推行新政。但是，新政让贵族的利益受损，受到了阻挠，范仲淹和滕子京也因此被贬出京城，不再被重用。

范仲淹被贬到邓州后，把邓州治理得井井有条，让百姓可以安居乐业。他的好友滕子京被贬到岳州，也把岳州重修一新，并且在保留原貌的基础上修缮了岳阳楼。

重修岳阳楼，这是一件大事，滕子京想到了昔日好友范仲淹文采非凡，便想请他为岳阳楼题写一篇文章。于是，滕子京命人做了一幅《洞庭晚秋图》，和信笺附在一起，快马加鞭送去邓州给范仲淹。

时年 1046 年，范仲淹已经老了，他虽然没有去过岳阳楼，但是看到《洞庭晚秋图》时，仿佛身临其境，于是挥毫泼墨，一气呵成写下了洞庭湖之美。又写到迁客骚人登上岳阳楼，看到相同的风光，因为心境不同，各有悲喜。他想到了在朝廷做官时，就为百姓担忧；在偏僻的江湖时，就为国君担忧……于是抒发了自己的感慨，写出了流传千古的名句——先天下之忧而忧，后天下之乐而乐。

岳阳楼的历史

岳阳楼的前身，是三国时期东吴将领鲁肃在洞庭湖训练水兵的阅兵台，又名“阅军楼”。

岳阳古称“巴陵”，南北朝时期，这座城楼也以“巴陵城楼”之名，出现在各路迁客骚人的诗篇当中。

到了唐朝，巴陵城改名岳阳城。岳州官员张说（yuè）在阅兵台的遗址上，主持修建了一座楼阁，并向工匠提出要求，这座楼要有三层、四角、五梯、六门、飞檐、斗拱。李白游历此地为其赋诗，始称其“岳阳楼”。

后来，由于火灾、水灾、战乱等原因，岳阳楼经过多次损毁与重修，但始终保留了原貌。

第十二站

涂山寺 [TUSHANSI]

位于今重庆市

涂山寺独游

野径行无伴，

僧房宿有期。

涂山来去熟，

唯是马蹄知。

注释

1 涂山：位于今重庆南岸区，俗名真武山。

2 野径：村野的小路。

3 僧房：僧人居住的房屋。

4 唯是：只有。

译文

我独自走在村野的小路上，一个同伴也没有，就在僧房借住了几日。熟悉涂山来回之路的，只有“嗒嗒”的马蹄声。

涂山寺小档案

大名： 涂山寺

别名： 尊武寺

地点： 重庆市南岸区涂山之巅

邻居： 北有大巴山，东有巫山，东南有武陵山，南有大娄山

游览特色： 重庆境内不仅拥有丰富的山、水、林、泉、瀑、峡、花之景，长江沿岸的村镇也充满特色，有的房屋藏在峡谷天堑之中，有的房屋立于陡峭山岩之上

邻近景点： 磁器口古镇、洪崖洞、万盛石林、大足石刻、武隆等

《涂山寺独游》背后的故事

公元 818 年，白居易被贬为忠州（今重庆忠县）刺史。

白居易从长安启程，辗转来到渝州（今重庆市）。途径南岸，他见大山苍莽，山中隐隐露出庙宇的飞檐，顿时生出想要游览此山的想法。他向当地人借了匹老马，不顾暮色将至，进山去了。路上一个人也没有，只有马蹄“嗒嗒嗒”的声响，回荡在空旷的大山中。

这里山势高耸，古树参天，寺庙雄伟庄严，香火旺盛。白居易为涂山寺添上香火之后，便向老和尚借宿一晚。老和尚是爱诗之人，得知来客是大诗人白居易，立刻打扫出一间僧房，请他休息。随后，老和尚手捧一本诗集，向他讨教诗律。白居易心情很好，和他聊了整整一夜。

第二天，白居易原本打算下山，又因为老和尚的挽留，多住了几日。到了第四天，白居易想到自己还要去忠州赴任，无论如何也要离开。老和尚见挽留不住，便在大雄宝殿摆下文房四宝，恳请白居易留下墨宝。白居易心想，自己一来在寺里打扰多日，二来游览涂山心情愉快，于是执笔蘸墨，写下一首《涂山寺独游》。

大禹与涂山氏的传说

九千年前，中国的黄河流域洪水为患。一个名叫大禹的人，担起了治水的重任。

在治水途中，大禹路过涂山，认识了一名涂山氏女子，两人相爱并成婚了。但是，大禹还肩负着治水的重任，不敢多做休息。成婚后第四天，大禹挥泪告别妻子后，又踏上了征程。

一天天过去了，涂山氏女子一直在家中等待大禹回家，还为大禹生下一个儿子，并独自哺育孩子长大。

大禹为了治水东奔西走，他和人民一起劳动，挖山掘石；他生活简朴，住在很小的茅草屋里，吃得比一般百姓还要差；不仅如此，大禹治水时还曾三次过家门而不入。

有一次，大禹经过自己家门口，听到孩子的哭声，感到揪心极了。他多么想看一眼妻子和孩子啊！可一想到水患未平、百姓不安，他只好在门外行了一个大礼，痛苦地离开了。

大禹治水一共花了十三年的时间，在他的治理下，咆哮的河水失去了往日的凶恶，平缓地向东流去，昔日被水淹没的山陵露了出来，农田变成了粮仓，人民过上了富足、安定的生活。后来，人们为了纪念大禹治水的功绩，在涂山上修建了禹王祠、涂后祠，供奉大禹与涂后的塑像。

涂山历史

现位于重庆南岸的“南山”，古称“涂山”，是一座背斜山。它北起铜锣峡，南至金竹沟。

尧帝时期，涂山上有著名治水英雄大禹的家，后来人们为他修建了庙宇、祠堂，成了现在的涂山寺。

涂山寺是现存最古老的寺院，现有殿堂八所，房间百间，占地面积一万多平方米。殿内供有释迦牟尼像、真武祖师像、禹王像、涂后像，立有“禹王治水碑”，可称是佛、道和睦共处的庙院。

如今，在南山风景区内，数十座山峰临江拔地而起，与涂山寺、老君洞、大佛寺等古建筑相映生辉，点缀着山城重庆分外妖娆。从重庆渝中区隔江遥看，峰峦叠嶂，沿江列峙，林木联袂，郁郁苍苍，恰似一道拱卫山城的绿色屏障。

第十三站

忠州 [ZHONGZHOU]

今重庆市忠县

西楼夜

悄悄复悄悄，城隅隐林杪。

山郭灯火稀，峡天星汉少。

年光东流水，生计南枝鸟。

月没江沈沈，西楼殊未晓。

注释

❶ 隅（yú）：角落。

❷ 杪（miǎo）：树枝的细梢。

❸ 稀：事物出现得少。

❹ 南枝鸟：比喻离开故乡的人。

❺ 沈：同“沉”，低沉。

❻ 晓：天刚亮的时候。

译文

城内角落里的树梢都静止不动，一片寂静。山中的灯火稀少，天空中的银河也显得越来越少了。

时间如向东流去的水一样，一去不复返；我为了生计，像南枝鸟一样离开了故乡，四处奔波。月亮已经下去了，江水白茫茫一片，没有一点儿涟漪，只是太阳还没有出来，没有阳光照耀这里的西楼。

忠州小档案

大名： 忠县

别名： 临江县

地点： 重庆市中部，东邻万州区，南接石柱县，西邻丰都县、垫江县，北靠梁平区

著名景点： 石宝寨、白公祠、巴王庙、陆宣公墓、汉阙等

历史名人： 巴蔓子、严颜、甘宁

《西楼夜》背后的故事

公元815年，是白居易一生中重要的转折点。那一年，他的仕途发生了重大变化。他的心境也从原来的济世为民，慢慢转为对田园生活的向往。因为在那一年，他被贬为江州司马。

三年后，他又被贬为忠州刺史。但是，他在赴任的途中，心中仍充满了期待，想要有一番作为。然而，当他到达忠州以后，看到眼前一片荒凉的景象，心中难免感到失望。

一天夜晚，他站在忠州的西楼上，周围都静悄悄的，灯光都很稀少，天上的星星也显得少了，月亮已经下去了，太阳依然没有出来。于是，他写下了这首《西楼夜》。开篇先描写忠州的自然地理环境，十分偏僻，人烟稀少。由此，联想到自己的生命历程，岁月已经悄然逝去，自己仍然四处奔波。最后两句，看似写自然景物，实则写自己的前程尚不明确，无法预料。

忠义将军巴蔓子

公元 634 年，为了褒扬历史上巴蔓子刎首留城，严颜宁死不屈，唐太宗赐名，改临州为忠州。到了“民国”二年，设忠县，是中国唯一一个以“忠”字命名的州县。

战国中期，位于现今忠县一带的巴国逐渐走向了衰落。一些贵族趁机作乱，发动战争，百姓生活困苦。巴蔓子将军决定平乱。由于他的兵力不多，便决定向楚国借兵。

楚王说：“等你带兵平定战乱后，要给我三座城池。”巴蔓子想了一会儿，答应了楚王的条件。巴蔓子带着军队回到巴国，很快平定了贵族的叛乱，百姓的生活也安定起来。

不久，楚王派使臣到巴国，让巴蔓子交出三座城池。巴蔓子说：“当初，我的确答应要交出三座城池。在那种危急的情况下，我不得不答应楚王的条件。我身为将军，有守护国家的责任，但私下割让城池，就是对国家不忠，绝不可行。但我又答应过楚王，如果不守承诺，就是无信，那就用我的头来向楚王谢罪吧！”说完，他就自刎而死。

楚国的使臣带着巴蔓子的头颅回到楚国后，楚王也为巴蔓子的忠义精神打动，以隆重的礼仪厚葬了他的头颅。

如今，忠县还留有许多以巴蔓子将军命名的历史遗迹。

旅行小贴士

1. 石宝寨：位于重庆市忠县境内的长江北岸边，被称为“江上明珠”。整座寨子由寨门、寨身、寨顶石刹组成，共 12 层，高 56 米，全木质结构，造型罕见，又被称为世界八大奇异建筑之一，享有长江“小蓬莱”的美称。

2. 白公祠：是为了纪念中国唐代伟大诗人白居易而修建的祠堂。它始建于宋代，是长江沿岸著名的旅游景点，与洛阳香山“唐少傅白公墓祠”齐名。

第十四站

天平山 [TIANPINGSHAN]

▶位于今江苏省苏州市

白云泉

天平山上白云泉，
云自无心水自闲。
何必奔冲山下去，
更添波浪向人间。

注释

1. 白云泉：天平山山腰的清泉。
2. 天平山：在今江苏省苏州市西。
3. 无心：舒卷自如。
4. 闲：从容自得。
5. 何必：为何。
6. 波浪：水中浪花，诗中指令人困扰的事情。

译文

天平山上的白云泉，云朵舒卷自如，泉水从容自得。

白云泉的水流啊，你为何要奔跑着冲向山下，给本就充满了繁杂琐事的人间再添困扰。

天平山小档案

大名：天平山

别名：白云山、赐山

地点：江苏苏州古城西南边、太湖之滨

美誉：吴中第一山、江南胜境

称号：“中国四大赏枫胜地”之一

赏枫胜地小伙伴：北京香山、南京栖霞山、长沙岳麓山

著名景点：万笏朝天、高义叠翠、万丈红霞、玉泉轻吟等十八胜景

游览特色：天平山以红枫、奇石、清泉三绝著称

《白云泉》背后的故事

公元 825 年，白居易出任苏州刺史。由于公务繁忙，他无暇外出游历，觉得很不自由，便称自己是“笼中鹤”。到了第二年春天，因为长期劳累过度，眼疾复发，再加上骑马的时候摔了下来，脚也受了伤，于是白居易听从医生的话，向朝廷请了一百天的长假。

这百日期间，他游山玩水，静心调养休息，在天平山上居住了一段时日。山上青松郁郁葱葱，山腰依崖建有亭台。白居易发现了白云泉，白云萦绕，自由地舒卷，泉水淙淙，自在地流淌，好一幅怡然自乐的景象。眼前的景象，也正与他的内心契合。

白居易此刻的心情，与这些年的遭遇有关。自从被贬为江州司马之后，他济世的抱负和斗争的锐气渐渐减少，知足保和、独善其身的想法越来越深重。他深深感到，公私颇多事，早该摆脱恼人的俗务，做个归隐的闲人，自在逍遥，于是写下这首《白云泉》，借此抒发自己的情怀。

范仲淹与天平山

苏州天平山，以前又叫“范坟山”，宋朝时期，范仲淹曾居住在此，后山有范氏祖坟。

范仲淹是苏州人，小时候和母亲住在天平山脚下的咒钵庵，过着贫苦的日子。他深知民间疾苦，因此苦读诗书，想要做官之后为民请命。后来，范仲淹果然当上了大官。但是，他逐渐发现，许多官员贪赃枉法、欺压百姓，以一己之力根本无法改变，这才深感做官的不幸。

范仲淹为官清正、不畏强权，敢在朝廷上直言进谏，却遭到奸臣诬陷，晚年被贬官回乡。他途经天平山时，一个风水先生说：“这座山上的石头如乱箭穿心，是块五虎扑羊的绝地，谁要是葬在这里，他的后辈永生永世都做不了官。”范仲淹听了，反而花钱买下这里，当成日后的坟地，为的就是避免子孙后代再做官。

范仲淹死后，就葬在天平山上。传说，当时天气骤变，突降狂风暴雨，所有的山石都竖立起来，犹如宰相上朝时手中的“笏”一样，朝天矗立，这就是有名的“万笏朝天”奇景。这一景象，就好像是在纪念刚正不阿的范仲淹。

旅行小贴士

1. 天平山海拔 201 米，从山下至山顶分为三段：山下至一线天为“下白云”，一线天至石屋为“中白云”，石屋至山顶为“上白云”。其山顶平整，可聚数百人，因此得名“天平山”。

2. 当地山势险峻，有卓笔峰、奇峰、护山奇石、一线天、飞来石、五丈石、卧龙石等奇峰怪石。卓笔峰在“上白云”，高数丈，下粗上尖，形如笔杆，是天平山最奇特的岩石之一。

3. 山中林木品种丰富、密密层层，入了秋，枫叶由青次第变为黄、橙、红、紫；登“中白云”望枫台眺望，似珊瑚灼海，红霞万丈。观赏红枫的最佳时节，在每年“苏州天平山红枫节”期间。

第十五站

洛阳 [LUOYANG]

今河南省洛阳市

秋游

下马闲行伊水头，
凉风清景胜春游。
何事古今诗句里，
不多说著洛阳秋。

注释

① 闲行：漫步。

② 伊水：伊河，在河南省西北部，是黄河南岸洛河的支流之一。

③ 清景：清丽的景色。

译文

我起身下马，漫步在伊河之滨。秋日里凉风习习，眼前清丽的景色，更胜过春日游玩时的景致。

古往今来许多事都被写进诗句里，述说洛阳秋色的却不多。

洛阳小档案

大名： 洛阳

古称： 洛邑、洛京

称号： “中国四大古都”之一、牡丹花都、十三朝古都

地点： 位于黄河中游、洛河之北

美誉： 洛阳牡丹甲天下

古都小伙伴： 西安、南京、北京

著名景点： 龙门石窟、白马寺、白云山、老君山、鸡冠洞、龙潭峡等

历史人物： 建安七子、竹林七贤、金谷二十四友等

《秋游》背后的故事

公元 824 年，白居易在杭州任职刺史期满，可以回长安了。但是，他与长安的贵族官员们不合，留在那儿少不了有纷争。于是，他告老还乡，不再做官，去了洛阳。他用全部的积蓄，在洛阳履道里（今洛阳市东南赵村东狮子桥一带）买下了以前的散骑侍郎杨凭的旧宅，安度晚年。

白居易年轻的时候就喜欢游山玩水，到了洛阳更是如鱼得水，每日早出晚归，饮酒作诗，在河洛大地上，自由自在地享受生活。有时，他独自骑马去郊野游玩，沿途经过村庄巷口，只要看到人家院子里的树长得壮、花开得艳，也不论亲疏贵贱，直接叩门而入。赏玩过后，他便与主人聊聊天、喝喝茶，然后起身告辞而去。有时，他在洛阳城里游览，洛阳两岸有上阳宫、魏王堤、天津桥、斗亭等名胜。他看到这样的美景，当然忍不住留下诗句，赞叹洛阳美丽的风景。洛阳城中的景色赏玩遍了，他就和朋友们去临近的地方踏青。在嵩山、玉泉山、龙门、香山寺等地，都留下了白居易的足迹，他和朋友们甚至畅谈痛饮几天几夜，才尽兴归去。

白居易一共在洛阳生活了十八年，留下了 800 多首歌咏洛阳山水的诗歌。

龙门石窟的传说

在很久以前，洛阳南面有一大片烟波浩渺的湖，周围青山苍翠，芳草萋萋。人们住在湖边的村子里，上山放牧，下湖打鱼，过着平静的生活。

村里有个勤劳的孩子，天天到山上牧羊。有一天，他赶着羊群上山吃草，听到地底下传来奇怪的声音，那声音好像是在说："开不开？"一开始，孩子没有回答，而是跺了跺脚，可声音并没有停止，还是不断在他脚下重复："开不开？开不开？开不开？"孩子很好奇，就回答说："开！"

谁知，他的话刚说出口，刹那间天崩地裂，大山从中间裂开，汹涌的湖水从裂口倾泻而出，奔腾咆哮地绕过洛阳城，流入东海。水流过后，无数清泉从山崖缝隙中迸出，泻为飞瀑，蓄水为池。裂开两半的山崖峭壁上，出现了无数蜂窝似的窟窿。再仔细看去，窟窿洞里全是石像，有的眉清目秀，有的轮廓不清，千姿百态，蔚为奇观。龙门石窟之名，由此而得。

现在，这里香山和龙门山对峙，伊河水从中穿过，远望犹如一座天然的门阙。龙门山色，被称为洛阳八大景之冠，连白居易都说："洛都四郊，山水之胜，龙门首焉。"

当地小知识

1. 洛阳有着5000多年的文明史、4000多年的建城史和1500多年的建都史，先后有十三个王朝在洛阳建都。

2. 沿洛河两岸分布着五大都城遗址，分别是夏都二里头遗址、偃师商城、东周王城、汉魏故城、隋唐洛阳城。

3. 洛阳是中国佛教的发源地及道教的起源地之一，当地的白马寺是中国第一座官办寺院。

4. 洛阳八景：龙门山色、马寺钟声、金谷春晴、邙山晚眺、天津晓月、洛浦秋风、平泉朝游、铜驼暮雨。

5. 著名的"洛阳水席"，其制作技艺被评为"国家级非物质文化遗产"。

第十六站

嵩山 [SONGSHAN]

位于今河南省西部

看嵩洛有叹

今日看嵩洛，回头叹世间。

荣华急如水，忧患大于山。

见苦方知乐，经忙始爱闲。

未闻笼里鸟，飞出肯飞还。

注释

❶ 嵩洛：嵩山和洛水的并称，离洛阳很近。

❷ 回头：回顾，回想。

❸ 忧患：困苦患难。

❹ 闻：听到，听见。

译文

我今天看到嵩山和洛水，回顾过往感叹人生际遇。荣华富贵好比流水，困苦患难有如大山。

尝遍了人世间的痛苦滋味，才知道快乐来之不易。一直过得匆匆忙忙，才知道忙里偷闲是难能可贵。从来没有听说过，飞出笼子的鸟儿还会再飞回来。

嵩山小档案

大名：嵩山

别名：崇山、岳山

地点：河南省西部

邻居：北瞰黄河、洛水，南临颍水、箕山，东通郑州，西连洛阳

景点：嵩阳书院、嵩岳寺塔、少室山、连天峰等

小伙伴：中岳嵩山与东岳泰山、西岳华山、南岳衡山、北岳恒山合称“五岳”

《看嵩洛有叹》背后的故事

公元829年，白居易因为生病回到了洛阳，此时的他已近花甲之年，已经看淡了官场上的事情，经常与朋友去附近游玩散心。

有一天，他与朋友来到嵩山上。那里群山连绵起伏，峡谷深不见底，洛河的水缓缓地流着，白居易触景生情，便写下了这首《看嵩洛有叹》。

诗中的最后两句“未闻笼里鸟，飞出肯飞还”，化用了陶渊明的诗句“久在樊笼里，复得返自然”。陶渊明在彭泽当县令的时候，他的俸禄只够买五斗米。恰好有一天，上级派督邮来视察。那个督邮十分骄横，他刚到彭泽县就让人把陶渊明叫过来，而且还要陶渊明穿好官服，准备好礼品。陶渊明实在不能忍受这种做法，生气地说：“我不能因为这五斗米，就向这个小人低头屈服！”于是，他便交出官印，过起了悠闲自在的隐居生活。

白居易自从被贬为江州司马以后，心境发生了很大的变化，开始向往逍遥自得的生活。而嵩山历来是名人雅士隐居的地方，他就借这首诗说出了心中所想。

程门立雪

嵩山自古就是儒家学派活动的重要地区，位于嵩山南麓的嵩阳书院，是中国古代著名的高等学府。这里不仅传播了儒学思想，还培养了大批济世安邦的人才。

北宋时期，有个叫杨时的人，喜欢到处寻师访友、钻研学问，他曾就学于嵩山著名学者程颢（hào）门下。程颢去世后，杨时又拜入其弟程颐门下，在嵩阳书院中求学。那时，杨时已经四十多岁，学问也相当高，但他仍谦虚谨慎、尊师敬友。

一天，杨时和另一名学生游酢（zuò）打算向程颐请教学问，正好赶上老师在屋中打盹儿。杨时劝告游酢，不要惊醒老师。于是，两人静立门口。过了一会儿，天上飘起鹅毛大雪，并且雪越下越急，杨时和游酢却还是立在雪中。游酢冻得实在受不了，几次想叫醒老师，都被杨时拦住了。直到程颐一觉醒来，才赫然发现门外有两个雪人。

程颐深受感动，尽心尽力地教导杨时和游酢，他们也不负众望，学到了许多学问。之后，杨时成了北宋著名的哲学家、文学家，游酢也成了北宋著名的理学家。后来，人们便用“程门立雪”这个典故，赞扬那些刻苦求学、尊师重道的学子。

旅行小贴士

1. 太室山：位于河南省登封市北，海拔1440米，共有三十六峰。站在主峰峻极峰的上面，向西可以看到少室山，向南可以看到箕（jī）山，向北可以看到黄河，美不胜收。太室山南边山脚下的嵩阳书院，是嵩山儒家的象征，是中国古代四大书院之一。

2. 少室山：位于河南登封市西北，东距太室山约10公里。少室山陡峭险峻、奇峰异观，是嵩山森林公园的重点景区。以少林武术闻名于天下的少林寺，就深藏于少室山下的密林中。

第十七站

苏州 [SUZHOU]

今江苏省苏州市

杨柳枝词·其四

红板江桥青酒旗，

馆娃宫暖日斜时。

可怜雨歇东风定，

万树千条各自垂。

注释

1. 红板江桥：红色木板的桥。唐朝时期，苏州的木桥多涂成红色。
2. 馆娃宫：位于苏州的灵岩山上。春秋时期，吴王夫差为西施而建。
3. 可怜：可爱。

译文

那横跨江面的红色木板桥旁边，挂着青色的招揽客人的酒旗，落日的余晖照在馆娃宫，暖洋洋一片。

最可爱的还是那些杨柳，在一场雨过后，风也停了的时候，碧绿的枝条各自低垂着。

苏州小档案

大名：苏州

古称：姑苏、平江

地点：位于长江三角洲中部，东临上海，南接嘉兴，西抱太湖，北依长江

美誉：人间天堂、丝绸之都、园林之城

著名景点：太湖、拙政园、狮子林、沧浪亭、周庄、虎丘、寒山寺等

《杨柳枝词·其四》背后的故事

白居易在苏州担任刺史的时候，为了让老百姓的出行更加方便，开凿了一条河道，从虎丘到阊门一共长七里，人们就叫它七里山塘。后来，白居易因为生病回到了洛阳。

有一次，白居易与好朋友刘禹锡在洛阳信步游赏。他看到微风拂过岸边的杨柳，回想起苏州的美丽风景，就写下了一组诗，题为《杨柳枝词八首》。其中的第四首写出了江南水乡特有的美丽风景：夕阳西下，江上有一座小桥，小桥旁边挂着招揽客人的酒旗；江边有一排排杨柳，一场雨过后，柳叶显得更加碧绿。有微风时，杨柳轻轻地随风摇动。风停了以后，杨柳各自低垂着。

随后，他的好朋友刘禹锡也写了一组诗，题为《杨柳枝词九首》。第一首就写道："塞北梅花羌笛吹，淮南桂树小山词。请君莫奏前朝曲，听唱新翻杨柳枝。"

《杨柳枝》本来是隋曲，写的是隋堤。自从白居易、刘禹锡改编以后，传唱的人越来越多了。

诗词大会

扬州驿里梦苏州，梦到花桥水阁头。

（唐 白居易《梦苏州水阁寄冯侍御》）

姑苏城外寒山寺，夜半钟声到客船。

（唐 张继《枫桥夜泊》）

太湖的传说

苏州城内分布着许多湖泊，位于西边的太湖最为出名。太湖是中国五大淡水湖之一，河口众多，纵横交错，大概有五十多条河流进出。关于太湖，有一个美丽的传说——

王母娘娘过生日的那天，玉皇大帝派四大金刚抬了一份礼物送给她。王母娘娘一看到礼物，高兴得合不拢嘴。原来，玉皇大帝送了一个大银盆给她。这个银盆里面有七十二颗硕大的翡翠，还有许多用玉石雕刻的飞禽走兽，简直就是一个聚宝盆啊！各路神仙纷纷赶来给王母娘娘贺寿，他们看到这个大银盆以后，都连连称赞。

然而，由于王母娘娘开蟠桃盛会的时候，没有请孙悟空。孙悟空非常生气，挥动手中的金箍棒，大闹蟠桃会，把这个大银盆也给打碎了。这个银盆便从天上落了下来，在地上砸了一个大洞。银盆化成了水，形成了三万六千顷的湖。七十二颗翡翠变成了七十二座山峰，分布在太湖的中间；那些飞禽走兽变成了太湖里的鱼儿和鸳鸯。由于湖是从天上掉下来的，“天”字上面的一横就落在下面变成了一点，也就是“太”字，因此，人们就把这个湖称作“太湖”。

出生于苏州的文化名人

1. 陆逊，本名陆议，字伯言，三国时期吴国政治家、军事家。在夷陵之战中，陆逊临危受命，采用火攻的方法烧了刘备的四十多个营地，打败了刘备。

2. 范仲淹，字希文，北宋杰出的思想家、政治家、文学家。他倡导“先天下之忧而忧，后天下之乐而乐”的思想，对后代读书的人影响深远。

3. 唐寅，字伯虎，明代著名画家、书法家、诗人。在绘画方面，他与沈周、文徵明、仇英并称“吴门四家”，又称“明四家”。在诗文方面，他与祝允明、文徵明、徐祯卿并称“吴中四才子”。

第十八站

杭州 [HANGZHOU]

今浙江省杭州市

忆江南

江南忆，最忆是杭州。

山寺月中寻桂子，郡亭枕上看潮头。

何日更重游！

注释

1 忆江南：唐教坊曲名。

2 山寺：西湖西边的灵隐寺。

3 桂子：桂花。

4 郡亭：衙署内的亭台。

译文

江南的回忆，最能唤起追思的是像天堂一样的杭州：游玩灵隐寺时，寻找皎洁月亮中的桂花；登上亭台，枕卧其上，欣赏起落的钱塘江大潮。什么时候能够再去游玩呀？

杭州小档案

大名： 杭州

别名： 临安、钱塘、武林

地点： 位于钱塘江下游，京杭大运河南端

诗称： 上有天堂，下有苏杭

美誉： 鱼米之乡、丝绸之府、人间天堂

著名景点： 西湖、西溪湿地、灵隐寺、雷峰塔、京杭大运河、千岛湖、良渚遗址等

游览特色： 到杭州旅游，一看西湖，二看灵隐，三看京杭大运河。这里的江南水乡、自然风光、人文景观遗迹，都流露着柔美

《忆江南》背后的故事

白居易少年时期，曾游历江南一带，成年之后，又被派遣到苏州、杭州担任刺史。他在江南生活过很长一段时间，对江南怀有不少情感。

杭州，是他待过时间最长的地方，当地的各处胜景，他都去过。杭州城中最为古老的，非灵隐寺莫属；而灵隐寺中最让他记忆深刻的，则是桂花树了。古籍记载：“杭州灵隐寺多桂。寺僧曰：‘此月中种也。’”八月中秋，桂花飘香，在一个明朗的夜晚，白居易徘徊月下，流连桂树之间。他时而举头望月，时而俯首细寻，他想看看，是否真的像传说中那样，有桂子从月中坠于桂花影中。

此刻，年迈的白居易虽身在洛阳，却神驰江南。他想着，想着，那澎湃的钱塘江潮水之景，在他的心头挥之不去。钱塘江自杭州东南流向东北，至海门入海。钱塘潮每昼夜从海门涌入，异常壮观。每年中秋后三日，钱塘江潮势最大，潮头可高达数丈。躺在亭子里，就能看见扬起波涛的潮头。

西湖，灵隐寺，钱塘江，这些都是白居易人生旅途中充满回忆的重要驿站。于是，他有感而发，写下了《忆江南》，追思过去。

康熙皇帝为灵隐寺题匾

杭州灵隐寺又名云林禅寺，这是清代皇帝康熙赐的名。

有一年康熙巡视江南，来到杭州，闻西湖灵隐寺之名，便前去游玩。在老和尚的陪伴下，康熙皇帝在寺内好好地游玩了一番。老和尚便趁机请康熙皇帝为灵隐寺题匾。

康熙皇帝吩咐仆人摆好纸笔，抓起笔“刷刷”几下，就写下一个“雨”字。可是，这一笔下去有些用力过重，一个“雨”字竟占了大半张纸！灵隐寺的“灵（靈）”字，在古代按繁体字的写法，上面是一个“雨”，中间有三个“口”，下面是一个“巫”。现在，剩下小半张纸的位置，怎样也写不下这个字了。康熙皇帝抓着笔，皱着眉，没了办法。

这时，周围有个叫高江村的大学士，想出了一个办法。他先在自己手掌心写了“云林（雲林）”两个字，然后装作磨墨的样子，偷偷地朝康熙皇帝摊开手掌。康熙皇帝一看，哎呀，这两个字真是替自己解围了！于是，康熙皇帝连忙写下了“云林禅寺”四个大字，然后说：“这地方天上有云，地下有林，称其为‘云林禅寺’也不为过！”

从此以后，灵隐寺就挂着“云林禅寺”的匾额。不过，人们还是习惯叫它“灵隐寺”。

杭州灵隐寺的由来

灵隐寺创建于东晋年间。

相传在公元326年，有个名叫慧理的印度和尚，因仰慕西湖之名而来杭州，见到这里峰峦突起、白云缥缈、怪石嶙峋、洞壑幽深，很像印度的灵鹫山，不觉惊讶地叹道：“此乃中天竺国灵鹫山之小岭，不知何以飞来？佛在世日，多为仙灵所隐，今复尔耶？”意思是说：“这是我们中天竺国灵鹫山下的一座小峰，怎么会飞到此地来呢？佛祖如来在世时，灵鹫山多为仙灵所隐之地，看来，这地方也将成为佛国佳境了。”之后，他便在此处建寺，取名灵隐，将眼前这座山峰称作飞来峰。

后来，灵隐寺几经损毁与修建，成为杭州最大的佛教寺院，也是全国十大名刹之一。时至今日，这里珍藏了许多佛教珍宝，不论任何时节都香烟萦绕、香火不绝。

图书在版编目（CIP）数据

跟着诗人去旅行．白居易 / 刘滢，罗飞英主编．
—武汉：长江出版社，2019.10
ISBN 978-7-5492-6739-2
Ⅰ．①跟… Ⅱ．①刘… ②罗… Ⅲ．①白居易（772-846）-唐诗-诗歌欣赏 Ⅳ．① I207.2

中国版本图书馆 CIP 数据核字(2019)第 235023 号

跟着诗人去旅行．白居易
GENZHESHIRENQULÜXING.BAIJUYI
刘滢 罗飞英 主编

责任编辑： 梁琰
出版发行： 长江出版社
地　　址： 武汉市江岸区解放大道 1863 号
邮　　编： 430010
网　　址： http://www.cjpress.com.cn
电　　话： 027-82926557（总编室）
027-82926806（市场营销部）
经　　销： 各地新华书店
印　　刷： 武汉市卓源印务有限公司
规　　格： 710mm×1000mm
开　　本： 16
印　　张： 20
字　　数： 300 千字
版　　次： 2019 年 10 月第 1 版
印　　次： 2023 年 2 月第 2 次
书　　号： ISBN 978-7-5492-6739-2
定　　价： 108.00 元（全四册）